그날의 하루

K 장편소설

그날의 하루

펴낸날 2023년 10월 20일
2쇄 펴낸날 2023년 11월 21일

지은이 K
펴낸이 주계수 | **편집책임** 이슬기 | **꾸민이** 김태안

펴낸곳 밥북 | **출판등록** 제 2014-000085 호
주소 서울시 마포구 양화로7길 47 상훈빌딩 2층
전화 02-6925-0370 | **팩스** 02-6925-0380
홈페이지 www.bobbook.co.kr | **이메일** bobbook@hanmail.net

ISBN 979-11-5858-969-1 (03810)

그날의 하루

K 장편소설

밥북

목 차

프롤로그

그곳엔 어둠이 있다. 어둠을 찾고 싶을 때면 그곳에 갔다.

하늘은 달빛을 받아 그나마 어스름한 짙은 푸른빛이었지만 그 아래 산은 달빛도 외면했는지 색을 잃었다. 아니면 모든 색을 다 꿀꺽 삼켰다고 해야 하나.

그리고 그 아래 빈집. 아니 비어 있다고 알려진 집.

저걸 태워버려야 했는데. 그럼 완벽한 결말인데.

저 집이 활활 타오르고 그 안에서 있었던 모든 일들은 재가 되어 날아가고 검은 연기는 사람들의 마음속에 스며들어 이야기가 된다.

오랜 시간이 흘러도 사람들은 모여 이것에 대해 말하다 결코 알 수 없는 것이라 생각해 시들해져 다른 화제로 넘어가는 그런 이야기.

그 누구도 알아선 안 된다. 하지만 이야기되고 싶다.

모르겠다. 알아주길 바라는 걸까.

– 첫 번째 역 –

한밤의 피크닉

우리는 마지막을 향해 가고 있었다.

어느 누구도 마지막이라 하지 않았지만 그건 말하지 않아도 알 수 있었다.

마지막을 끝이라 할 수 있을까? 마지막이긴 하지만 끝이라고는 할 수 없는 이 밤.

이 밤은 수없이 지나온 다른 밤과 다르다.

유일한 밤.

밤이 길 것 같다는 생각을 하며, 하지만 그 밤이 천천히 흐르기를 바라며 하루는 버스에서 내려 한 손은 점퍼 주머니에 나머지 한 손은 옷깃을 여민 채 사람들 틈을 걸어간다. 희뿌연 밤안개 사이로 주황색 가로등 불빛이 희미하게 퍼져나가고, 그 사이를 걷다 보니 토스트와 어묵, 떡볶이를 파는 포장마차와 맥도날드, 휴대폰 가게들이 보인다. 그리고 청량리역으로 가는 횡단보도가 나왔다. 입김을 내뿜으며 신호등을 본다. 정지하고 서 있는 사람에 빨간 불이 들어온 것을 보자 여성 단체에서 남녀차별이라며 주장했던 뉴스를 떠올린다.

신호등 안의 사람이 남자라는 것이 문제의 발단이었다. 신호등 속에 여자도 넣어야 한다는 게 그들의 주장이었다. 그에 대한 생각을 묻는 인터뷰에서 시민들은 어처구니없어 했다. 하루도 그 뉴스를 보면서 그 시민과 같은 얼굴을 하고 있었다. 신호등 속 사람 형상을 남자로 본다는 자체가 왠지 소름 끼쳤다. 다음 카페에서 유머 있는 그리고 실력 있는 누군가 신호등 안에 남자, 여자, 아이, 노인, 강아지, 고양이 등을 잔뜩 그려놓은 걸 보자 기분이 좀 나아졌던 기억이 난다. 길 건너 청량리역과 연결된 백화점 앞에는 아직 크리스마스 장식이 남아 있었다. 철로 된 구조물에 높은음자리표, 8분음표, 선물 상자, 산타 모양을 한 장식물들이 각기 다른 불빛을 내고 있고 그 앞에는 커다란 트리가 눈이 아플 정도로 번쩍번쩍 빛나고 있다. 길을 건넌 뒤 하루는 잠시 그 장식물들을 올려다본다. 초록 목도리를 한 남자가 한쪽 무릎을 꿇다시피 하여 트리 앞 빨간 목도리를 한 여자를 열심히 찍어주고 있다. 다른 연인들과 아기를 데려온 가족들은 트리 앞에서 사진을 찍으려고 대기 중이다.

하루는 그저 마·지·막·밤이라는 사실만이 떠올랐다.

역으로 올라가는 에스컬레이터 앞에서 하루는 잠시 망설인다.

'돌아올 수 있을까….'

하루는 고1 때 생일 선물로 형이 던져 준, 오른쪽 손목에 채워진 손목시계를 본다. 이래 보여도 비싸다는 말과 함께 준 가죽 시계는 군데군데 가죽이 벗겨진 곳도 있었고 늘 끼우는 구멍은 헐거워졌다. 하루는 오른쪽 손목을 귀에 대고 몇 번 흔든다. 소리가 나는 게 아닌 데도 하루는 시계를 꼭 귀에 대고 흔든다. 마치 혼자만 들을 수 있는 어떤 소리가 나는 것처럼.

'하루야, 이렇게 가끔 흔들어주지 않으면 시계가 멈춰. 그러니까 이 시계는 네가 죽는 날 같이 죽는 거야.'

주위를 둘러본다. 분명 **또** 목소리가 들렸는데.

아까와는 달라진 것이 있다. 하늘에서 벚꽃이 날리고 있다. 하루는 고개를 갸우뚱하다가 불빛에 비친 벚꽃을 보며 그것이 꽃이 아니라 흩날리는 눈이라는 것을 깨닫는다.

'그날 같다.'

하루는 에스컬레이터를 타고 휴대폰을 확인한다. 카톡이 와 있다.

어디야? 오후 10시 28분

오후 10시 28분 다 왔어.

짧게 답장을 보내고 에스컬레이터를 타고 가는데 사람

들이 한 줄로 서 있지 않고 아무렇게나 서 있는 것을 본다. 언젠가부터 한 줄 서기는 다시 두 줄 서기로 바뀌었다. 그런 게 왜 바뀌는지는 모르겠다. 한 줄로 서라고 했을 때 처음에 의식적으로 그렇게 하느라 시간이 좀 걸렸는데, 막상 다시 두 줄로 서라니까 차라리 한 줄로 서서 급한 사람은 먼저 가도록 하는 게 더 편한 방식 같단 생각이 든다. 두 줄로 서 있으면 자꾸 뒤를 돌아보게 된다. 급하게 올라오는 사람이 있을까 봐. 괜히 민폐를 끼칠까 조바심도 난다.

역에 들어서니 생각보다 큰 대합실에 하루는 멈칫한다. 바로 그녀들이 보일 것이라 생각했기 때문이다. 대합실 가운데에는 큰 텔레비전이 세 대 있고 그 앞에는 등받이 의자들이 쭉 놓여 있다. 벽 쪽으로는 승차권 발매기, 편의점, 기념품 판매점 등이 있다. 그리고 양쪽 끝에는 화장실이, 안쪽으로는 매표소가 있다. 게다가 연말이라 그런지 평일인데도 대합실이 꽉 찬 것처럼 사람이 많다. 엠티를 떠나는지 과점퍼를 입은 학생들이 먹을 것이 든 종이박스들을 쌓아놓고 백팩을 하나씩 멘 채 모여서 떠들고 있었고 의자에는 아무런 표정 없이 텔레비전 화면만 응시하며 간간이 시간을 확인하는 사람들, 그리고 누워서 자는 사람들까지. 퀴퀴한 냄새가 나는 것 같아 코를 킁킁거리다 의자 맨 뒷줄에 누워서 자는 이의 행색을 보고 숨을 참으며 고개를 돌린다.

그때 주황, 빨강, 초록 등 쨍한, 형광 나비 같은 색깔의 등산복을 입은 한 무리의 사람들이 지나가는데 하루는 숨이 턱 막히는 것을 느낀다. 숨이 가빠오고 어지럽다. 메스껍기까지. 등산복 무리들의 색깔이 팔레트에 색을 섞은 것처럼 한데 뭉쳐 보이고 의자들이 파도처럼 오르락내리락한다. 하루는 머리를 한 번 흔들더니 환한 불빛의 대합실과는 달리 어둠 속으로 빨려 들어갈 것처럼 일렁거리는, 문의 형상으로 보이는 것을 향해 쓰러질 듯 간다.

'또….'

올해 들어 벌써 몇 번째인지 모른다. 원래 그랬다면 모를까 이건 분명 **그 일** 뒤에 생긴 것이 틀림없다. 대합실을 문을 나서서 왼쪽을 보니 어두컴컴하지만 조금 넓은 공간이 있다. 이 공간을 위한 가로등은 없는지 어둠 속에서 빨갛게 타들어 가는 담배들이 반딧불처럼 보인다. 하루는 난간에 기대어 숨을 고른다. 가방에서 던힐 라이트를 꺼낸다. 한 개비를 물고 곽 안에 넣어둔 라이터로 불을 붙이고 한 모금 빠니 그제야 숨통이 트이는 것 같다.

다 왔다며? 오후 10시 38분

답장을 보내지 않고 천천히 담배 맛을 음미하는데 그새를 참지 못하고 또 카톡이 온다.

어디야? 오후 10시 39분

짜증이 밀친다. 카톡이 문제다. 읽었는지 읽지 않았는지까지 알아야 하는 건 정말이지 서로에게 너무 피곤하다. 하고 싶은 말을 보내면 그만 아닌가. 받는 사람이 메시지를 읽는 것도, 답장하는 것도 더 이상 내 것이 아니다. 떠난 것인데 이제는 그 떠난 것마저 발신자가 좌지우지하려 한다. 우편으로 치면 그 사람이 받았는지 그 집 앞 우편함에 손을 넣어 확인하는 것과 똑같다. 그런 무례한 행위를 편리한 것처럼 만들어 놓았다. 이런 걸 기술이라고, 이런 시스템을 당연하게 여기는 걸 보자니 '역시 이과는 안 맞아'라는 생각이 든다.

"갑니다. 가요"

하루는 담배를 비벼 끄고 다시 대합실로 들어간다. 벽에 걸린 전광판의 시계를 보니 10시 43분이다. 그리고 다시 주위를 둘러보는데 그녀들의 모습은 보이지 않는다. 여행을 시작도 하기 전에 피곤함을 느끼며 하루는 엄지와 검지로 눈 안쪽을 누른다. 진동이 울린다. 망할 놈의 휴대폰.

피곤할 틈도 주지 않는다.

"어 응, 보여."

하루의 시선은 대합실 안에 있는 짧은 에스컬레이터로 향한다.

"끊어."

그 에스컬레이터를 타니 길고 넓은 공간이 나왔는데 옆으로는 커피숍, 아이스크림 가게, 도넛 가게 등이 있었다. 가운데는 나무 바닥이 깔려 있고 그 주위로 벤치를 정사각형 모양으로 빙 둘러놓아 사람들이 앉을 수 있도록 해 놓았다.

"하루야, 여기!"

손을 흔들며 슬이 활짝 웃는다.

'예쁘게도 웃네.'

눈이 부시다. 마음이 녹아내릴 것 같은 웃음이다. 하루는 고개를 흔든다.

'조심해.'

슬은 앞머리가 없이 오른쪽 눈썹 위에서 가르마를 타고 있으며 흘러내리는 머리를 왼손으로 쓸어 넘기는 것이 습관이다. 하루는 슬이 머리 묶은 모습을 떠올리는데 고개를 기우뚱하며 머리 묶은 적이 있었나를 생각한다. 체육 시간에도 슬은 긴 머리를 휘날리며 달렸던 것 같다. 슬은 양털

부츠에 레깅스를 입고 치마를 입었다. 흰색 코트에 자주색 머플러를 하고 있는데 갈색 머리와 흰 피부에 아주 잘 어울렸다. 하긴 뭔들. 지나가는 또래의 남학생들이 슬을 힐끗 보면서 가는데 까딱거리고 있는 다리를 보면서 자기들끼리 킬킬거리며 웃는다.

유미는 전에 비하면 제법 귀여워진 얼굴이다. 전에 비하자면 말이다. 학교 다닐 때는 두꺼운 안경에 머리카락 한 올도 나오지 않을 만큼, 눈이 1시와 11시 방향으로 쭉 찢어져 보일 만큼 질끈 묶고 다니고 교복 재킷에 체육복 차림이었다. 수능이 끝나고 머리도 회색에 가까운 파란색으로 염색하고 풀고 다닌다. 1시와 11시가 2시와 10시쯤으로 내려온 것 같다. 무슨 블루라고 했던 것 같은데 잊어버렸다. 운동화에 청바지를 입고 회색 코트를 입고 있다. 하루는 잠시 그런 유미를 보고 숨을 크게 한 번 쉰다. 여자애들은 조금만 변신해도 분위기가 달라져 갑자기 낯선 사람처럼 느껴질 때가 있다. 하루는 그들을 향해 천천히 걸어간다.

"추운데 치마야?"

하루가 슬의 옆에 앉는다.

"괜찮아. 그런데 넌 가방도 없어?"

하루가 어깨를 으쓱한다.

"아침에 오는 건데, 뭐."

"마트 가자. 정동진까지 도착하려면 다섯 시간은 걸려. 먹을 것 좀 사야 해."

유미가 백팩을 들며 일어서자 슬도 옆에 둔 에코백을 챙기며 일어선다. 하루는 그런 애들을 올려다보며 머리를 긁는다.

"가야 해?"

"너 그럼 있을래? 나랑 슬이랑 갔다 올게."

유미 말에 하루가 고개를 끄덕이는데 슬이 하루의 얼굴을 두 손으로 잡는다.

"같이 가."

하루는 그 손길에 얼어붙은 듯, 미세한 움직임도 없이 그저 듣다가 일어난다. 유미는 이런 광경이 익숙하다는 듯 잠시 서서 기다리고 있다가 하루가 일어나자 앞장서서 마트로 간다. 마트로 올라가는 에스컬레이터에서도 슬은 하루에게 귓속말로 속삭이고 하루는 그저 묵묵히 듣다가 간혹 슬의 흘러내리는 머리칼을 넘겨준다.

"술은?"

슬이 주류 코너에서 묻는다.

"기차에선 맥주지."

유미는 뭘 그런 걸 묻냐는 듯 수입 맥주들이 진열된 곳으로 가자 슬이 쫓아간다.

"이걸로 살까?"

그 말에 유미가 뭘 모른다는 눈빛으로 캔맥주 6개들이를 담는다.

"기차에서 누가 병맥을 마셔?"

"그런가? 하루는?"

하루가 캔맥주를 카트 안쪽 구석으로 다시 끌어다 놓으며 말한다.

"난 아무래도 상관없어."

"한 사람당 두 캔이면 될까? 모자라지 않을까?"

"기차에도 맥주 팔아. 모자라면 그때 더 사."

하루가 달래듯이 말하자 슬이 고개를 끄덕인다.

"안주는?"

유미가 묻자 슬이가 신난다는 듯 답한다.

"오징어랑 땅콩!"

"하여간 아저씨 취향. 포랑 땅콩 같이 들어있는 거로 사면 되겠네. 나는 나초랑 치즈 소스."

유미가 오징어포와 커피 땅콩, 말린 과일이 들어있는 상자 하나와 나초 큰 봉지, 치즈 소스 두 개를 카트에 아무렇게나 놓는다. 하루는 그것을 차곡차곡 정리한다.

"식품 코너 가면 지금 떨이 한창 싸게 팔 텐데. 거기서 간편식으로 된 양장피 하나 사고 닭강정 사자."

"대충 해."

"하루는? 안주 뭐로 할래?"

유미가 하루는 쳐다보지도 않고 먹잇감을 찾아 초원을 헤매는 사자의 눈빛으로 식품 코너의 음식들을 보며 묻는다.

"하루는 안주 안 먹잖아. 그래도 배고플 테니 골라봐."

슬이 하루에게 팔짱을 끼며 말한다. 여자치고 작은 키가 아닌데도 186이나 되는 하루에게는 턱밑이다.

"니들 먹는 거 같이 먹지 뭐."

유미와 슬은 정말 먹고 싶은 건지 아니면 기분을 내고 싶은 건지 평소에는 잘 먹지도 않던 롤과 초밥, 감자 크로켓, 돈가스 덮밥까지 카트에 넣은 후에야 식품 코너를 떠났다.

"덮밥은 데워 먹어야 하는 거 아니야?"

"차갑겠지만 먹을 만할 거야."

하루의 대답이 끝나자마자 유미가 꽥한다.

"안돼! 편의점 가서 뭐 하나 사며 거기서 데우자. 차가운 덮밥은 있을 수 없어."

그 기세에 눌려 슬과 하루는 고개를 끄덕인다. 하룻밤 기차 여행에 술과 안주만 양손 가득이다.

"이걸 다 언제 먹어?"

"밤새 얘기하면서 가다 보면 다 먹게 돼 있어. 그리고 우리 회비도 다 써야 하니까."

유미의 말에 고개를 끄덕이다가 하루는 다시 유미를 본다. 회비도 다 써야 한다는 건 이제 더 이상 회비를 모으지 않겠다는 의미이다. 즉, 유미 역시 이번 여행이 그들의 마지막이라고 생각한 것이다.

하루가 그녀들을 처음 만난 건 고등학교 입학 후 독서 동아리에서였다. 말이 독서 동아리지 그저 다른 동아리에서 무언가 적극적으로 하길 원하지 않는 귀차니즘들, 동아리 활동이 시간 낭비라 생각하며 자습이나 하려고 모인 아이들 또는 다른 동아리에 들어가려다 가위바위보에 진 루저들이 모인 그런 동아리라 할 수 있었다. 담당 교사도 자습하라거나 책 읽고 독후감 써서 내면 생기부에 넣어주겠다고만 할 뿐 크게 신경 쓰지 않았다. 미리 책을 준비하지 않은 학생들을 위해 학교 도서관에서 빌려온 책 몇 권을 교탁 위에 놓아두었다.

시간만 때우고 가는 이 동아리에 불만을 가진 사람들이 바로 하루와 유미, 슬 그리고 이정이었다. 유미와 슬이 함께 교실로 들어오자 아이들의 시선이 이들에게 쏠렸고 뒤이어 이정이 오자 술렁인다. 별 볼 일 없어 보이던 이 동아리가 재평가되는 분위기였다. 그도 그럴만한 것이 유미는 전교 1등이다. 아버지는 대학 병원의 꽤 높은 의사, 어머니는 텔레비전 아침 방송에 나오는 가정 의학과 교수로 하루도 방학 때 어머니가 5대 암 특집을 볼 때 얼굴을 본 적 있다. 언니와 오빠도 S대 의대생인 의사 집안이라 한다.

무엇보다 유미에게는 전설의 노트가 있다. 과목별로 핵심 내용이 정리되어 있고 암기 포인트까지 표시되어 있다는 내신 대비 노트라 한다. 그 노트를 제대로 한 번만 보면 웬만한 시중의 참고서보다 낫고 실제 성적이 올랐다는 몇몇 아이들의 증언이 있었다. 그 노트는 절대 복사할 수는 없고 유미와 함께 있을 때 보아야 한다는 규칙이 있는데 그 노트 한 번 보겠다고 유미에게 로비를 하는 아이들도 상당하다고 한다. 카더라 통신 전문 동훈이가 그 노트를 보고 싶다고 진지하게 고민하면서 유미랑 사귀어볼까 말하던 녀석의 머리를 가볍게 쳤던 기억이 난다. 복사할 수 없는 노트, 그 자리에서 다 봐야 하는 노트라면 누구라도 집중해서 보지 않겠느냐고. 중요한 건 노트의 내용이 아니라 그 방법에 있다고.

슬은 입학 전부터 유명했다. 처음에는 지역구가 왔다는 소문 때문이었다. 학교 수준, 동네 수준이 아니라 이 지역에서 제일 예쁘다는 말이 돌았다. 이 말도 동훈이에게 들었다. 친구의 친구가 보여줬다는 사진에 동훈이는 흥분했고 말끝에는 역시나 사귀어볼까였다. 그때도 하루는 고개를 저으며 그런 사진은 믿을 게 못 되고 만약 정말 그렇게 예쁘다면 걔가 너랑 사귈 이유가 전혀 없다며 주말에 수학 학원에나 같이 다니자 했었다.

그리고 입학식. 체육관 학급 줄의 맨 뒤에 서서 주머니에 손을 넣은 채로 삐딱하게 서 있던 하루에게 동훈이 또 흥분해서 달려왔다. '또 왜'라는 표정으로 심드렁하게 있자니,

"전국구야."

"뭐?"

"전국구라고!"

줄에서 삐죽 튀어나온 동훈이는 학생부장한테 귀를 한 번 잡히고 엉덩이를 걷어 채이고 나자 하루 앞에 서서 뒤돌아보며 말했다. 봐봐, 애들 다 어딜 보는지. 동훈이 말대로 학생들이 힐끗힐끗 돌아보는 방향을 보니 한 여학생이 있다. 이런 시선쯤은 익숙하다는 듯 정면만 바라보며 슬은 미동도 안 했다. 그 뒤로 슬은 계속 화제의 중심에 있었다. 내내 예쁜 거로. 머리 한 번만 넘겨도, 춘추복에서 하복으로 바뀔 때도, 체육 시간에 운동장을 달릴 때도, 음악 시간에 앞에 나와 노래를 부를 때도, 사실 그냥 가만히 앉아만 있어도 난리였다. 그리고 첫 중간고사가 끝나고 꽤 높은 성적으로 뒤집어 놓았다. 누구 생각이나 기대인지 모르겠지만 공부를 못할 거라 생각했나보다. 아니, '공부는 못해

야 한다고 생각한 것 같다'가 정확한 표현일 것이다. 그리고 그것은 여럿을, 주로 여학생들을, 분노케 했다. 하지만 무엇보다 슬은 '꺼져'로 유명했다.

"꺼져."

고백할 때마다 상대 남학생이 듣는 말. 남자의 이상형은 자기 싫어하는 여자라더니 그 말에 더 난리였고 팬층은 단단하고 두터워졌다. 내뿜는 독설과 일단 들이받고 보는 성격이라는 것이 밝혀지자 더 이상 고백을 하는 남학생들은 없었지만 어느새인가 닿을 수 없는 별 같은 존재가 되어 버렸다. SNS에 남자애들이 도촬한 듯한 슬의 사진 밑에는 재수 없다, 성형발이다, 죽어 버려라 등 악성 댓글이 달리기도 했지만 슬은 아마 그 댓글의 존재조차도 몰랐을 것이다. 알았어도 익명 뒤에 숨어서 키보드나 두들겨대는 아이들을 슬은 상대할 가치조차 못 느꼈을 것이다.

이정은 슬과 대조적이었다. 화려하고 이목구비가 또렷한 슬이 처음부터 눈길을 끄는 미인이었다면 이정은 단아하고 섬세한 얼굴 생김으로 하루에 한마디도 안 할 정도로 조용했다. 이 또한 남자애들을 미치게 만들었다. 보면 볼수록 궁금해지는 스타일, 신비주의라나. 교내 유명 오타쿠가 그 둘을 주인공으로 궁중 로맨스 소설을 썼는데 슬이 환하게 빛나는 태양, 이정은 밤에 은은하게 빛나는 달빛으로 묘사된다고 그것도 동훈이가 그랬다. 비유도 상투적인 그 소설은 한정판 프린트물로 값은 부르기 마련이었고 속편을 내달라고 온갖 회유와 협박을 하는 녀석들도 있었다 한다. 그 오타쿠는 고3 때 수시로 문예창작과에 붙었는데 이런 재능을 찾고 발휘할 수 있었던 것이 슬과 이정 덕분이라며 둘에게 고맙다고 꾸벅 인사를 해 지금껏 그 소설의 존재를 몰랐던 슬을 날뛰게 만들었었다.

전교 1등, 오타쿠의 소설에 등장하는 미소녀 둘.

가까이만 가도 기가 빨리는 느낌이었는데 그들이 하루가 앉아 있는 모둠 책상에 와서 앉았다. 독서 토론이라도 하라고 붙여진 책상 네 개와 의자 네 개에 선택의 여지는 없었다. 종이 칠 때쯤 온 그 애들은 하루와 같은 모둠에 앉을 수밖에 없었고 자리는 일 년 내내 그렇게 굳어진다.

그렇게 앉아 있다 보면 알 수 있다. 진짜 책을 좋아하는지 아닌지. 그건 숨길 수도 없고 숨겨지지도 않는다. 누가 무슨 책을 읽는지 본다. 취향은 다르지만 네 사람 다 책이라면 자다가도 일어날 만큼 좋아했고 그것을 공유하고 함께 이야기 나눌 사람이 절실히 필요했다. 모의고사 기출문제집에 파묻히는 것이 아니라 탐욕스럽게 읽어 나갈 이야기가 필요했고 그 이야기를 순수하게 즐기고 만끽하고 싶었다. 그들에게는 그것이 **현실**이었다. 동아리에서 유일하게 책을 진지한 표정으로 읽던 네 사람은 그들만의 모임을 만들었다.

동아리 시작 후 한 달쯤 지났을까. 시간이 끝났음을 알리는 종소리가 울리고 뒷문으로 교실을 나서는 하루 앞을 슬이 막아섰다. 그 옆에는 유미가 있었다. 그리고 하루 뒤로는 이정이 나오고 있었다.

"너도지?"

그게 시작이었다. 그날 그 말을 무시했으면 어떻게 되었을까. 몇 번이고 무시하고 거절했었다. 이정이는 언제 그 애들과 친해졌는지 셋이 같이 붙어 다니면서 하루를 졸라댔다.

"대체 왜 싫은데?"

슬은 처음에는 부탁조로 말하더니 이제는 시비조로 말한다. 말을 해야 아느냐는 말이 목구멍까지 올라왔지만 꿀꺽 삼켰다. 여자애들 셋만 있는 그런 모임에 참석하라니. 아무리 책을 좋아한다지만 축구나 농구도 아니고 독서 모임이라니. 학교 내에서 소문이 나는 것도 끔찍했고 게다가 평소 여자애들이랑은 어울리지도 않는 하루에게 그 제안은 허락할 수 없는 것이었다. 반에서도 키가 제일 커서 맨 뒷자리에 앉는 하루는 쭉 남녀공학을 다녔어도 여자와 짝꿍을 해본 적도 없었다. 항상 남자가 한두 명씩 남아 혼자 앉거나 키가 비슷한 남학생과 짝이었다. 좀 비켜달라며 지나가자 슬은 재수 없다며 뒤에서 툴툴대고 자기네 반으로 돌아갔는데 이정이 하루를 쫓아왔다. 그러더니 하루의 팔을 이정이 잡았다. 정확히 말하면 팔꿈치 교복 소매를 잡았다.

그때 그 손을 뿌리쳤으면.

이 애들과 만나지 않았다면 그 일은 일어나지 않았을까.

아니, 그 일이 일어났어도 무관하게 지나갈 수 있었을까.

아니면 어차피 깊게 연관이 될 운명이었을까.

거창하게 운명이란 말을 들먹이고 싶지 않지만 이렇게 된 것이 운명이 아니라면 어떻게 설명을 해야 할까. 우연이라고 그저 가볍게 말하기엔 지금 그리고 지나온 시간들이 너무 가혹하지 않나. 인생에서 어떤 결과는 한 번의 선택이 아니라 매 순간의 선택과 행동이 모여 나온다는 말을 들었는데 그럼 어떤 선택을 하고 행동을 해야 했을까…. 어떤 일이 일어났을 때 '그럴 줄 알았다'라고 말할 만한 것도 있지만(그럼 알면서 왜 일이 이렇게 되도록 가만 놔두었냐 묻고 싶지만) 전혀 예상하지 못한 것들도 있다. 이 경우 후자에 해당된다.

몰랐다. 그럴 줄 알았다면….

아니, 알았다 해도 다르지 않았을 거라는 생각이 든다.

설마…. 아니면 바꿀 수 있을 거라는….

"난 네가 우리 모임에 들어왔으면 좋겠어. 안될까?"

그때 하루는 한 번도 제대로 본 적 없는 이정의 얼굴을 보았다. 반 묶음을 한 까맣고 긴 생머리. 둥근 이마와 가지런하고 숱 많은 눈썹. 오똑하면서도 여성스러운 콧날. 무엇보다 블랙홀 같은 까만 눈동자.

첫눈에 반한다는 진부한 말이, 21세기 이전에나 통했을 법한 그런 말이 열일곱 자신에게 일어날 것이라고 하루는 단 한 번도 생각한 적 없었다. 사랑이라는 것이 그렇게 갑자기 시작될 것이라고도 예상한 적 없었다. 사랑은 느닷없이 찾아왔고 마치 오랫동안 그래 왔던 것처럼 당연하게 느껴졌다. 그 순간 시간이 멈춘 듯했고 온 세상은 환하게 빛이 났으며 복도를 지나다니는 아이들이 보이지 않았다.

오직, 이정만 보였다.

하루는 이정의 눈동자 안에서 우주를 보았다. 둘만의 우주, 둘만의 세상을.

이정의 눈동자가 반짝거렸다. 별들이 흘러갔다. 지나온 시간과는 다른 시간들이 그 속에 있었다.

"왜 나여야 하는데?"

그 말을 하자마자 후회했다. 왜 나여야 하냐니. 하이틴드라마에나 나올 법한 말로 받아친 자신이 바보 같다고 생각했다. 좀 더 센스 있는 말도 많았을 텐데. 눈앞에 있는 이 여자애가 얼마나 자기를 비웃을까.

나머지 두 명이랑 자기 얘길 하며 깔깔대는 소리가 들리는 듯했다.

“무슨 생각을 그렇게 해?”

슬이 팔짱을 끼며 묻지만 않았어도 아마 그 생각은 끝도 없이 이어져 결국 오늘에 이르렀을 것이다. 아껴두어야 한다고 생각한다. 이 밤 해야 할 이야기니까.

“자리가…. 한참 더 가야겠네.”

유미가 휴대폰과 좌석을 번갈아 보며 이야기한다. 끝까지 걸어가서야 자리가 나왔다.

“여기다.”

하루는 고개를 끄덕이며 유미와 슬의 짐을 받아 선반에 올려주다가 말한다.

“그런데 왜 네 자리야?”

“그래야 의자 돌려서 앉기 편하잖아. 세 자리만 예약했다가 옆에 다른 사람 앉으면 돌려 앉기도 뭐하고.”

그 말에 하루는 고개를 끄덕이고 의자를 돌리니 마주 보는 네 자리가 마련되었다.

“하루야, 먹을 건 여기로.”

“응.”

돌린 의자의 복도 쪽 좌석에 술과 안주가 든 봉지를 놓는다. 하루는 봉지를 들고 오는 동안 손이 저렸는지 주먹을 오므렸다 폈다 한다.

“너 슬이랑 같이 앉아. 난 슬이 맞은 편에 앉을게. 너랑 마주 앉으면 너 다리 길어서 불편해.”

슬이 먼저 창가 쪽에 앉고 유미가 그 맞은편에 봉지와 함께 앉으려는데 하루가

“내가 여기 앉을게. 너 슬이랑 앉아.”

슬이 조금 당황한 얼굴로 하루를 본다. 유미 역시 무슨 영문인지 모르겠다는 듯.

“슬이 얼굴 보면서 가려고. 옆에 앉으면 못 보잖아.”

유미가 못 말리겠다는 듯 고개를 흔들며 슬의 옆자리에 앉는다. 슬은 기분이 한결 좋아 보인다.

“대신 나 잠들면 자리 바꿔서 네 어깨에 기댈 거야.”

“그렇게 해.”

자리를 잡고 창밖을 보니 눈이 더 많이 내리고 있었다.

‘사람 속도 모르고…’

하루는 차창에 비친 유미와 슬의 얼굴을 본다. 문득 그 애들의 얼굴이 평소와는 다른 서늘함을 지니고 있다는 생

각이 들자 심장이 두근거리기 시작했다. 매 순간 쉬지 않고 뛰는 심장을 의식하지 못하고 살아왔는데 오늘은 일정하게 같은 자리에서 자기 일을 열심히 해 오던 심장이 원래는 그렇지 않았던 것처럼 마치 없었던 이물질이 몸에 붙은 것처럼 느껴진다.

'선생님, 오늘 아침엔 심장 상태가 좀 어떠십니까?'

나쓰메 소세키의 소설에서 서생이 주인에게 물었던 것처럼. 하루는 오른손을 심장에 갖다 댄다. 괜찮은 건지.

역시 빨리 뛰고 있다. 이렇게 빨리 뛰고 있는 심장은 감출 수 있지만 굳어지는 얼굴은 감출 수 없을 거라는 생각에 하루는 다시 차창을 본다. 이번에는 차창에 비친 슬만 뚫어져라 쳐다본다. 슬은 휴대폰을 보고 있다. 그리고서 캔맥주를 꺼내어 하루에게 준다.

"하루야."

다시 마주 보는 슬의 얼굴.

"어."

캔맥주를 받아들고 따면서 하루는 다짐한다. 오늘은 꼭 진실을 알아내겠다고.

이날, 이 밤만을 기다려왔는데 괜한 오해와 의심을 살 수는 없었다.

덜컹거리면서 기차가 출발하자 슬과 유미는 좌석에 딸

린 작은 식탁을 올리고 마트에서 사 온 안주를 꺼내놓기 시작한다.

"덮밥 더 식기 전에 먹자. 식으면 맛없어."

유미가 덮밥과 양장피의 비닐을 벗기며 말한다. 하루는 롤과 초밥의 뚜껑을 열어 올려놓는다. 식탁이 워낙 작아 식탁 하나에 음식 하나씩 놓으니 꽉 찬다. 나무젓가락을 뜯어 유미와 슬에게 주고 하루는 맥주만 홀짝인다. 슬은 거추장스럽다는 듯 머플러를 벗어 옆에 놔둔다.

하루는 슬의 모든 행동을 심지어 그것이 아주 작은 움직임일지라도 주시한다. 젓가락질할 때 새끼손가락을 살짝 드는 습관. 음식이 입에 맞지 않는다 싶으면 금방 찡그려지는 미간. 머리를 귀로 넘긴 뒤 귀를 한 번 만지는 것까지 유심히 보고 있다.

그러자니 앞에 펼쳐놓은 음식 냄새가 역겹다. 덜컹거리고 시끄러운 기차 안에서 유미와 슬의 음식 먹는 소리만 귓가에 들린다. 하루는 갑자기 자리에서 벌떡 일어난다.

"왜 그래?"

옆에 있던 유미가 놀라 쳐다보고 슬은 놀란 것보다 두려워하는 얼굴이다.

"잠깐…."

하루는 문을 열고 나가 세면대로 간다. 기차의 각 호차

사이에는 세면대와 쓰레기통이 있고 그 옆에는 화장실로 들어가는 문이 있다. 객실보다 더 덜컹거리고 시끄러운 그곳이 차라리 편안하다고 생각한다.

'또…'

오늘만 두 번째다. 세면대 거울을 보며 몇 번의 심호흡을 한 뒤 점퍼와 바지 주머니를 더듬는데 찾고자 하는 것이 없다. 그때 눈앞에 그가 찾던 것이 보인다. 슬이 던힐라이트를 내밀고 있다. 하루는 그것을 받아 들고 슬을 본다. 그리고 다시 담배를 손에 탁탁 치며 고개를 숙여 자신이 하는 행동을 바라본다.

"기차 금연인데. 화장실에서 피울 거야?"

하루는 고개를 천천히 흔든다.

"아니."

"하긴. 학교에서도 화장실에선 절대 안 피웠잖아. 냄새 난다고. 그런 데서 담배를 피우면 이렇게까지 피워야 하나 스스로가 비참해진다고. 그렇게 말했었잖아."

그 말에 하루의 표정이 굳어진다. 그리고 천천히 고개를 들어 슬을 본다.

"내가 너한테 그런 말도 했었어?"

"응?"

슬이 무슨 말이냐는 듯 묻자, 하루는 아차, 싶어 그런 슬의 머리를 헝클어 놓는다.

"들어가자."

자리에 앉으니 유미는 이미 덮밥을 다 비운 상태였다. 깨끗하게 비워진 덮밥통을 보고 슬이 울상을 짓는다. 유미가 배시시 웃으며

"몇 숟가락 먹으니 이렇게 되었네."

하루는 덮밥통을 음식을 담았던 봉지에 넣고 슬은 맥주를 마신다. 유미는 몇 개 남은 롤까지 다 먹은 후에야 젓가락을 놓는다. 하루는 빈 롤 곽도 봉지에 넣고 맥주캔을 하나 집어 딴다.

"눈은 밤새 올 건가 봐."

슬이 창밖을 바라보며 말한다. 그 말에 유미와 하루도 창밖을 본다. 눈이 오는 걸 보고 있자니 스노우볼 안에 있는 것 같다.

"우리 첫 모임 때도 눈 왔었는데."

"맞아! 4월에 웬 눈이냐고 그랬었잖아."

슬이 아련한 기억을 떠올리는 듯한 얼굴로 피식 웃으며 말한다.

눈은 어찌 저리 가벼울까. 내리는 비는 맞으면 아프게 느껴질 때도 있지만, 눈은 아무리 그 눈송이가 커도 가볍다. 가볍지만 존재감이 확실한 눈을 보고 있으면 문득 그리움

이란 말이 생각나고 그리워할 정도로 한때 열정을 가졌던 어떤 것들이 떠오른다.

'난 무엇에 열정을 가졌을까.'

열정. 촌스럽고 상투적인 말로 치부되는. 하지만 여전히 가슴을 두근거리게 하는 힘을 가진. 열아홉 인생에서 열정을 가졌던 것은…. 공부? 공부에 열정을 가졌다고 말하기는 싫다. 가장 많은 시간을 쏟았지만 그건 열정과는 별개다. 해야 하니까, 할 수밖에 없으니까, 이것밖에 할 줄 아는 것이 없으니까, 이걸 해야 내 인생이 조금은 내 뜻대로 풀리니까. 삶이 아주 조금은 윤택해지니까, 한마디로 나에게 유리한 것이고 유리해질 수 있으니 한 것에 대해 열정을 바쳤다고 하기에 열정이란 말은 너무나 순수하다.

그렇다면 내 인생에서 열정은 역시나.

바보 같은 말을 한 뒤 이젠 틀렸다고 생각하고 귀가 뜨거워짐을 느끼며 하루가 돌아서는데 그 등 뒤에 대고 이정이 말했었다.

"같이 있고 싶어서…."

조그맣지만 분명한 목소리. 수줍지만 용기를 낸 목소리. 다른 사람에게는 들리지 않는, 나에게만 들리는. 뒤돌아보지 않고 그대로 걸어갔지만, 하루는 그때 생각했었다. 다른 친구들의 비웃음도 아무것도 아닌 것으로, 아무것도 모르면서 까부는 귀여움 정도로 받아줄 수 있을 것 같다고.

그게 하루가 생각하는 시작이었다. 그리고 꽤 괜찮은 시작이었던 것 같다.

그야말로 하이틴드라마에서 나오는 그런 배경, 투명한 햇살이 가득하고 풋풋한 설렘이 있는 그런 사랑의 시작. 반 대항 농구 경기보다 다음 동아리 시간이 기다려질 정도로, 그 기다림조차 설렐 정도였다. 점심시간에는 늘 농구를 했지만, 동아리라도 있는 날은 혹시라도 땀 냄새가 날까 농구도 하지 않고 교실에서 시간이 빨리 가기만을 기다렸다. 동아리 시간 내내 눈은 책을 보고 있었지만 어떻게 말할 지만을 생각하고 있었다. 그리고 종이 친 뒤, 참 귀찮아서 어쩔 수 없이 한다는 뉘앙스로, 몇 번이나 소리 내 연습한 그 문장을 그대로 말했다.

"할게. 그 독서 모임인지 뭔지."

하루는 온 신경은 이정에게 둔 채 헛기침을 하며 그리고 최대한 너희의 등쌀에 못 이겨서 한다는 느낌을 주면서 슬에게 말했다. 지금까지 슬이 하루를 쫓아다니며 같이 하자고 말했는데 이정에게 하겠다고 말하면 괜히 이상해질까 봐서였다. 하루는 여자애들과 어울리진 않았지만 그렇다고 그런 미묘함까지 모르는 남자는 아니었다. 하지만 이정에게만 신경 쓰느라 슬의 눈이 기쁨으로 빛나는 것을 그땐 알지 못했다.

"목요일 7시까지 우리 집으로 와"

하루는 반팔 티셔츠 위에 형이 안 입겠다고 던져두고 간 회색 니트를 껴입고 집을 나섰다. 4월이라 아직 꽃샘추위가 가시지 않은 날이었다. 마을버스를 기다리며 시계를 보니 5시가 조금 넘은 시간이었다. 디자인이 너무 구식이 되었다며, 자기는 엄마한테 더 비싼 시계를 받았다는 말은 하지 않고, 꽤 값을 주고 샀고 이런 게 진짜 클래식이라며 던져 준 시계를 하루가 받아서 차고 있었다. 마을버스를 타고 가다가 백화점 근처에서 내려 백화점까지 걸어갔다. 늘 형에게 얻어 입고 엄마가 가끔 궁상떨지 말라며 사다 주기만 해서 직접 쇼핑할 일이 없었기에 백화점은 늘 어렵다. 회전문을 통과해 들어가자 하루는 크게 한숨을 쉰다. 1층 화장품 매장에서 나는 화장품과 향수 냄새에 속이 울렁거릴 정도였다. 에스컬레이터 앞에서 모델 같은 남자가 로봇처럼 시향 스틱을 주는 것을 피해 올라가며 가방에서 휴대폰을 꺼낸다. 집을 못 찾으면 연락하라고 찍어준 슬의 번호를 찾아 메시지를 쓰다가 지운다. 지하 식품 코너에서 음식을 사 갈까 하다가 취향도 모르고 사간 음식들이 민망하게 식탁에 그냥 남고 역시 남자들은 센스가 없다는 소리를 들을 것 같았다.

결국, 7층까지 올라왔다. 8층에는 골프용품과 아동 매장이 있다는 표시가 보여 하루는 더 이상 올라가지 않고 7층을 둘러보았다. 그리고 초를 파는 매장 앞에서 멈추었다. 향초라면 무난할 것 같았다. 다양한 색과 모양의 향초를 보다가 하루의 시선이 멈춘다. 유리병 안 살구색에 가까운 초 위에 조그맣게 천사 모양의 장식이 있다. 떠오르는 한 사람.

"이것 좀 맡아봐도 될까요?"

"엔젤스 아이즈는 연인의 눈동자를 바라볼 때 느껴지는 설렘과 행복을 느끼게 해준답니다. 청순하고 은은한 향이라 남자분들이 선물로 많이 하는 편이에요."

매장 직원이 유리병의 코르크 마개를 열어주며 수도 없이 말해본 것처럼 기계적으로 말했다. 냄새도 맡아보기 전에 하루는 이 초가 마음에 들었다.

엔젤스 아이즈. 이정의 까만 눈동자와 잘 어울리는 이름이다.

"이걸로 주세요. 그리고 옆에 있는 것도 하나 주세요."

"프레시 컷 로즈는 꽃이 활짝 핀 장미정원에 있는 것 같은 기분을 느끼게 해주죠. 젊은 여성들이 많이 찾는 제품이에요."

매장 직원의 말은 듣는 둥 마는 둥 하며 하루는 Angel's eyes라는 글귀를 손으로 만져본다. 직원이 능숙한 손놀림으로 향초 두 개를 똑같은 초록색 포장지로 포장한다.

"빨간 리본이 프레시 컷 로즈, 흰 리본이 엔젤스 아이즈에요."

슬의 집은 지하철역에서도 한참 걸어야 했으며 숨이 차오를 만큼 오르막길을 올라야 했다. 도심 한복판에 이런 동네가 있나 싶을 정도로 다른 분위기의 동네다. 한적한 도로 양 끝으로 보도블록이 있고 잔디밭이 깔려있다. 담도 없이 잔디밭에 관리가 잘 된 나무들과 이름은 알 수 없지만 아무 데서나 볼 수 있는 것들은 아닌 꽃들이 있다. 우아하고 고풍스러운 집들이 띄엄띄엄 보여 구글 맵을 보니 목적지에 도착한 듯싶다.

맵을 끄고 휴대폰을 주머니에 넣는데 이정이 보인다. 아치형 창문으로 이정이 유리잔에 주스를 따르고 있는 것이 보인다. 그 모습이 학교에서 현장체험으로 미술관에 갔다가 도대체 이런 데 왜 데리고 오냐며 억지로 다니면서 따분하게만 보던 어떤 그림의 소녀와 닮았다. 그 모습을 빤히 보던 하루와 이정의 눈이 마주쳤다. 그러자 이정은 하루에게 들어오라며 웃으며 손짓을 한다. 요즘은 보기 드문, 나무로 된 무거워 보이는 문 쪽으로 걸어가 심호흡을 한 번 하고 초인종을 찾는데 문이 열리고 슬이 나온다.

"안 들어오고 뭐 해?"

"어, 들어가."

신발만 벗고 현관문 쪽에서 머뭇거리자

"앞으로 여기서 계속 모일 거니까 불편해하지 마. 우리 엄마 한 달에 반은 외국에 나가 있어. 우리밖에 없다는 소리야."

슬의 엄마가 없다는 것은 분명 조금이라도 더 편한 셈이 되겠지만 어쩐지 여자애들만 있는 집에 오는 건 등 뒤가 간지럽다. 복층으로 되어 있는 내부는 앤티크 스타일로 꾸며져 있었다. 벽에는 꽃이 그려져 있는 접시들이 장식되어 있었고 한쪽에는 외국의 아기자기한 스푼을 모아놓은 판이 걸려 있었다. 거실에는 60년대를 배경으로 한 미국 영화에서 본 꽃무늬 소파가 그 아래에는 커다란 카펫이 깔려있다. 식당에는 뭘 모르는 하루가 봐도 비싸 보이는 커다란 나무 기둥을 반으로 자른 듯한 테이블이 놓여 있다.

"와서 앉아."

"어. 가."

슬이 하루를 부르자 슬과 하루가 한쪽에 유미와 이정이 맞은 편에 앉게 되었다. 이정이 주스를 하루 앞으로 밀어준다. 하루는 그런 이정을 향해 살짝 웃어 보인다. 오직 이정을 위한 미소를.

"이거."

하루가 가방에서 빨간 리본이 묶인 상자를 슬에게 준다.

"뭐야? 먹는 거야?"

유미는 손에 묻은 쿠키 부스러기를 입으로 빨아가며 말한다. 털털하고 편한 스타일의 여자애 같다. 하지만 그런 스타일, 특히 외모가 자기보다 뛰어나지 않다고 생각하면, 여자들이나 좋아한다. 성격 좋은 건 여자를 좋아하는 마음에는 아무 영향도 주지 않는다. 내가 좋아하는 여자가 성격이 좋은 여자고, 성격이 좋지 않다면 그건 그녀만의 독특한 매력이다. 단순하다. 예쁜 여자가 최고다.

"고마워. 다 모였으니 우리 모임에 대해서 다시 말할게. 한 달에 한 번 마지막 목요일 일곱 시 여기. 못 오는 사람이 있어도 그대로 진행."

슬의 말에 하루는 고개를 끄덕인다. 여자애들끼리는 이미 얘기가 된 것이라는 생각에.

"토론하게 될 책은 매달 1일에 네 명이 번갈아가며 단톡방에 공지할 것. 미리 읽어오는 게 좋을 테니까. 누가 뭘 읽자고 하면 토 달지 않고 그대로 읽을 것. 이게 우리의 규칙이야. 어때?"

그 말에도 하루는 고개를 끄덕인다. 그날은 서로 재밌게 읽었던 책들에 이야기하며 시간을 보냈다. 무슨 말들이 오고 갔는지 정확히 기억나지 않지만, 생각보다 불편하지 않았다. 차갑고 날카롭게만 보였던 슬은 의외로 포용력이 있다. 둥글둥글하게만 보였던 유미는 역시 이과 1등처럼 모든 걸 말이 되느냐, 안되느냐의 기준으로 보는 경향이 있었지만 그 나름대로 의견을 듣는 것이 재미있었다. 이정은 주로 말없이 듣거나 공감을 했다. 자기의 의견과 조금 다르다고 생각되는 부분에서는 아랫입술을 삐죽 내밀었는데 그게 너무나 귀여워 누가 말을 하면 이정의 표정부터 보고 그걸 보는 것이 즐거웠다.

자고 가겠다는 유미 덕분에 이정이와 늦은 밤 단둘이 걸어갈 수 있었고, 이정의 아파트 입구에서 흰 리본을 묶은 상자를 주었다.

"뭐야?"

"그냥."

"난 준비한 거 없는데."

이정이 미안한 얼굴로 하루에게 말했다. 하루는 자기도 모르게 이정의 얼굴을 만지려 손이 올라가는 것을 간신히 참았다. 속으로 미친놈이라 자신을 욕하면서. 따스한 주황색 불빛을 받은 이정이 예뻤다. 아니, 그건 예쁘다고 표현하기 부족했다. 10년째 교육을 받았건만 이럴 때 표현할 적절한 말 한마디 찾지 못하다니.

"춥다. 들어가."

준비한 게 없다는 말에 하루는 이정에게 휴대폰 번호를 알려달라고 말하고 싶었다. 카톡방에서 슬에게 초대되었을 뿐, 이정의 번호를 모른다.

"하루야."

쿵. 자신의 이름을 부르는 그 목소리에, 그 말투에 하루의 심장이 쿵 하고 내려앉았다. 나중에 하루는 이정이 처음으로 자신의 이름을 불렀던 이때를 떠올렸지만, 그 목소리가, 그 말투가, 잘 기억나지 않았다.

"전화번호 알려줄래?"

꽃잎처럼 내리던 4월의 눈. 어두운 골목길. 둘만을 비춰준 가로등 불빛. 리본을 만지작거리던 하얀 손가락. 모든 것이 완벽했다. 이것은 인생의 일부가 아니라 전부임을 확신했다. 그 애와 함께 걸어가는 그 길이 오늘 밤 걸어온 길처럼 아름답기를, 그리고 영원하기를 하루는 바랐었다. 열일곱에 찾아온 첫사랑. 너무나 소중해서 손에 꽉 쥐어보지도 못하는 그런 사랑이 시작되었다.

"그날 하루가 초를 사 왔었어."

슬이 그 말을 하며 하루의 다리를 자기 다리로 아프지 않게 툭 친다.

"남자애가 그런 센스있는 선물을 사올 거라고 생각도 못 했었는데 우리 다 놀랐었잖아."

그 말에 하루는 미소를 지으며 캔맥주를 입에 갖다 댄다. 지금 보이는 이 미소가 혹시나 일그러져 보이지는 않을지, 거짓으로 보일지는 않는지 조바심내면서.

"엔젤스 아이즈."

슬이 하루를 사랑스럽게 쳐다보며 말한다. 그 말에 하루의 얼굴이 굳어진다. 그리고 슬을 본다. 슬은 하루를 보며 연인이 보내는 미소를 짓고 있다.

"엔젤스 아이즈?"

"뭐야. 너 잊어버린 거야? 네가 우리 집에 올 때 사온 초 이름. 유리병에 그렇게 쓰여 있었는데. 아니면 잊어버린 게 아니라 모르고 준 거였어?"

하루는 애써 기억나는 척하며 웃어넘긴다.

"기억나지. 어떻게 잊어버리겠어."

그 말에 슬이 만족한 듯 유미를 보며 웃는다. 유미의 얼굴에 부러움보다는 알 수 없는 조소와 언뜻 씁쓸함이 지나가는 것을 하루는 보지 못했다. 그도 그럴 것이 슬의 입에서 엔젤스 아이즈란 말이 나오자마자 생각에 잠겼기 때문이다.

그래. 어떻게 잊을 수가 있겠어. 하루가 다 마신 맥주캔을 구겨버린다.

기차가 덜컹거리며 잠시 섰다.

"승객 여러분께 알려드립니다. 철로 상의 문제로 기차가 10분 정도 정차하겠습니다. 불편을 끼쳐드려 대단히 죄송합니다."

이상하다. 사람들은 왜 덜컹거리는 기차에서는 잘 자다가도 이렇게 멈추면 깨는 걸까. 기지개와 하품을 하며 멍하게 있는 사람들이 기차 문이 열리자 밖으로 나가기 시작한다. 하루는 담배라도 피워야 마음이 진정될 것 같아 점퍼를 들고 밖으로 나간다.

"너는?"

슬이 유미에게 묻자 유미는 귀찮은 듯 다녀오라고 손짓한다. 슬은 코트를 입고 하루를 뒤쫓아 나간다. 플랫폼은 금연 구역이지만 알면서도 무시하는 건지, 모르는 건지 남자들은 담배를 피우기 시작한다. 한두 사람도 아니고 우르르 기차에서 몰려나와 담배를 피우니 역장도 어쩔 수 없다는 듯 그저 그들을 바라본다. 하루가 담배를 한 모금 빠니 슬이 내려왔다. 하루는 슬이 온 것도 모르고 생각에 빠져 있다.

도대체 왜 엔젤스 아이즈가 슬에게 있는 것일까. 기억이 잘못된 걸까.

하루는 혼란스럽다.

"무슨 생각을 그렇게 해. 사람 오는 줄도 모르고."

하루는 슬의 얼굴을 본다. 오늘 안에 저 가면을 벗길 수 있을까. 진실을 알 수 있을까.

"슬아."

"뭘 이렇게 가슴 떨리게 불러. 왜애?"

슬이 방긋 웃으며 다정하게 묻는다.

"그…. 초 말이야. 엔젤스 아이즈."

슬은 그게 왜, 라는 얼굴이다.

"혹시 기억나? 내가 그거 줬을 때 포장되어 있었고…."

"질감이 꺼끌꺼끌한 초록색 종이에 하얀 리본. 나 기억력 죽이지?"

하루는 고개를 끄덕이며 허탈한 미소를 짓는다. 내 기억이 잘못된 거였구나. 상자를 만지던 이정이의 하얀 손가락 때문에 그 리본을 흰색으로 착각했었나 보다. 슬은 어려운 퀴즈를 맞히고 상 받기를 기다리는 아이처럼 무언가를 기대하는 얼굴이다. 하루는 담배를 발로 비벼 끄면서 말한다.

"키스해줄까?"

슬이 어떤 반응을 보이기도 전에, 어떤 대답을 하기도 전에 하루는 슬의 얼굴을 붙잡고 키스한다. ***엔젤스 아이즈가 정말 있을까. 응, 네 눈동자가 그래.*** 수줍어하던 이정의 표정을 기억해내고 하루는 슬에게서 입술을 뗀다. 멍한 얼굴을 보고 슬이 웃는다.

"사람도 많은데…. 들어가자. 시간 다 되었어."

슬이 팔짱을 끼자 하루는 이끌려 기차 안으로 들어간다. 다른 사람들도 들어가고 있었다.

"손 좀 씻고 들어갈게"

하루는 슬이 들어갈 수 있도록 문을 열어준 뒤 세면대 앞으로 간다. 수도꼭지를 돌려 물을 틀어놓은 뒤 하루는 마치 뭘 해야 할지 잊어버린 사람처럼 고개를 푹 숙인 채 있다.

'머저리 같은 자식. 어떻게 그런 걸 착각해'

착각인 걸까. 그럼 그때 자신이 한 말, 이정의 표정은 어떻게 설명해야 할까. 그러면 또 슬은? 슬이 알고 있다. 아주 정확하게. 아니 아는 것이 아니라 슬이 받았다고 한다.

머리가 지끈거리는 하루는 흰 약통에서 아스피린을 하나 꺼내어 꿀꺽 삼킨다. 몇 개나 남았지, 오늘 내일은 버틸 수 있으려나. 자리로 돌아가니 슬이 하루의 자리에 앉아 유미와 아이패드를 보고 있다. 하루는 눈을 감고 두통이 가시기를 기다린다.

"많이 아파?"

슬의 목소리에 눈을 뜬다.

"아니. 체력 보충 좀 하느라고."

하루는 유미의 맞은편에 앉아 캔커피를 하나 집어 든다. 슬이 캔커피를 물끄러미 보다 눈길을 거둔다. 달그락거리는 소리. 갓 구운 쿠키의 달콤하면서도 조금은 탄 냄새가 아득히 먼 과거로부터 오는 것 같다.

"『구운몽』?"

이정이 마치 구운몽이라는 단어를 처음 입으로 소리 내는 것처럼 말한다.

"응. 내가 선택한 책. 『구운몽』이야."

"효자 김만중이 어머니를 위해 썼다는 그 소설 『구운몽』? 부귀영화도 한낱 꿈같이 허무한 것이다, 일장춘몽, 남가일몽, 한단지몽, 인생무상, 각골통한 중 이 소설의 주제로 적절하지 않은 고사성어는? 중간고사 때 주워 먹으라고 객관식 문제로 나왔던 그 구운몽? 도대체 왜 책을 안 가르쳐주나 했더니…. 오늘은 수시 면접 대비 독서 토론이야?"

슬의 말에 하루가 책을 들고 어깨를 으쓱한다.

“너한테는 주워 먹는 문제였겠지만 안 그런 친구들도 많았을 거야. 일부러 안 가르쳐준 건 아니고 고민했었어. 그리고 『구운몽』을 객관식 한 문제짜리로만 보고 치워버리기는, 수능 문제로 부분만 보고 넘어가기에는 아깝지 않나. 난 내 인생 책인데.”

슬이 고개를 갸우뚱거리며 다소 심각하게 묻는다.

“너 설마 양소유의 이처육첩이 부러웠던 건 아니지? 아니면 욕구 불만인가?”

“예쁘고 몸매 좋은 여성들에 둘러싸여 부귀영화를 누리는 거 나쁘지 않지. 나쁘지 않은 정도가 아니라 한 번쯤은 꿈꾸는 삶 아닌가 남자라면? 왜 꿈꾸는 삶인지 아주 디테일하게 말할 수 있는데 들어볼래?”

하루가 장난스레 말한다.

“됐거든!”

“처첩 간의 갈등도 없고 서열 정리 확실해서 피곤할 일도 없는데 이상 그 자체지.”

“하여튼 웃긴다니까. 그 시대 남자들. 앞에서는 난초 잎사귀 닦고 수염 쓸어내리면서 도가 어쩌고 덕이 저쩌고 하면서 뒤로는 각기 다른 스타일을 가진 여자들 한 집에 다 모아놓고 살고 싶다니…. 요즘으로 치면 여자 아이돌 그룹을 집에 통째로 방 칸칸이 들이는 거잖아."

그 말에 이정이 냉장고에서 캔커피를 꺼내 유리컵에 담다가 중얼거린다.

"사람이니까…."

"그냥 먹지 뭘 그걸 또 담아."

슬이 일어나며 이정을 거든다.

"얼음 넣으려고. 이 컵 예쁘지 않아?"

"그러네. 우리 집에 이런 컵도 있었어? 캔커피 따라 마시긴 아깝다."

"이제 커피 내려 마실까 그럼? 그라인더도 있고, 원두만 사 오면 되는데."

그 말에 슬이 단호하게 고개를 젓는다.

"난 캔커피 좋아. 적당히 달달하고 편하고. 난 얼음 말고 우유 있으면 조금만 넣어줘."

"캬라멜 시럽 드리즐 해줄까?"

"아니야 너무 달 것 같아. 너희들은 어때? 캔커피 말이야."

"나도 좋아."

유미가 『구운몽』을 훑어보며 말한다.

"하루는?"

"나도. 커피 맛도 모르는데 뭐. 겨울에는 따뜻하게 여름에는 더우니까 시원하게 먹으면 그걸로 만족해."

"그럼 커피 아니라도 된다는 거네?"

"응. 그런데 동훈이는 꼭 원두 사서 내리먹더라? 캔커피나 이런 건 입에도 안 대. 중학교 때 바리스타 반이었는데 그 이후로 커피의 세계를 알게 됐다나. 식상하고 변태 같은 자식."

"좋은 취미네. 커피 내려주는 남자. 에세이 제목 같다. 그 용고기 나오는 게 『구운몽』이었나? 아 또 탔어…."

슬이 오븐에서 쿠키를 꺼내며 묻는다.

"그건 『금오신화』. 『취유부벽정기』. 단술과 용고기 포."

아무렇지 않게 말하는 유미를 보며 다른 애들은 놀랍다는 듯 서로 보며 어깨를 으쓱한다.

"그걸 어떻게 기억해? 역시 S대 의대 아무나 가는 게 아니지."

"난 먹는 건 다 기억나. 그게 내가 책을 읽는 큰 이유인데."

그 말에 슬이 고개를 끄덕이며 덜 탄 쿠키들만을 골라 접시에 담는다. 커다란 접시의 여백을 어떻게든 채우려고 쿠키를 이리 놓았다 저리 놓았다 하다가 에이씨, 라고 내뱉으며 대충 담는다.

"책이든 영화든 거기에 소품이나 때로는 더 비중 있는 역할로 나오는 음식들을 보면 정체성이나 가치관 뭐 그런 것들을 더 섬세하기 보여주긴 하지. 말로는 설명하기 힘든 것들도 보여줄 수 있고."

"『구운몽』에는 무슨 음식이 나와?"

유미가 고개를 젓는다

"안 나와. 술만 나와. 술잔을 나눈다, 기울인다, 취한다 그런 것만 나와. 무슨 술인지 원료가 뭐고 어떤 맛이 나는지도 안 나와. 상상할 수가 없어."

유미가 아쉽다는 듯 입맛을 다신다.

"술이라…. 일리 있네. 여자 여덟 명이랑 만나 관계를 다 맺으려면 술이 빠져서는 안 되겠지. 중간중간 시 주고받고 퉁소 좀 불고. 그치? 고전 소설에서는 다 그런 식으로 연애가 묘사되더라? 자 이하루 군. 처첩제도의 이상을 실현하고 욕구 불만을 해소하기 위해 이 책을 선정하셨나요?"

슬의 장난스러운 질문에 하루가 고개를 젓는다.

"우리가 줄곧 시험에서 일장춘몽, 하룻밤 꿈이더라, 인생은 덧없다고 배웠던 그런 거 말이야."

"그게 왜?"

"너무 쉬워서."

그게 무슨 말이냐는 듯 하루를 본다.

"모든 걸 한바탕 펼쳐놓고 나서 그걸 꿈으로 정리하는 게 나는 너무 쉬운 것 같아서. 기껏 인생 다 살았는데 그게 다 꿈이었대. 게다가 부귀영화란 헛된 것이라는 깨달음까지 있어야 하고. 그런 깨달음까지 주려는데 끝부분이 고작? 이런 생각이 들었어. 그리고 부귀영화를 누리게 해야만, 모든 걸 다 가져야만 인생의 덧없음을 느끼게 해주는 건가. 모든 걸 다 가지면 정말 인생이 덧없을까? 고달프고 힘들면 그 삶이 덧없지 않게 되는 건가. 덧없음이라는 건 인생의 정점을 찍어봐야 느낄 수 있는 것일까, 아니 깨닫는 것일까. 정말 꿈인 건가. 그 꿈은 누가 정하는 거지? 소설은 거기서 끝이 났지만 사실은 그것도 꿈일 수 있는 건데. 인생의 덧없음을 깨닫는 순간 그 모든 게 꿈이라는 걸 깨닫는 순간 종교에 귀의할 수 있는 건가. 이처육첩과 함께 부귀영화를 누리게 그냥 두면 안 됐었나 실제 양으로 보자면 그 부분이 훨씬 큰데. 그렇게 사는 건 왜 헛된 욕망으로 치부해버리는 거지? 왜? 그냥 그 꿈속에서 살면 안 되나. 인생의 덧없음을 알아서 뭐해. 그게 왜 교훈이야?"

슬이 이해가 안 된다는 듯 묻는다.

"아니 그렇게 마음에 안 들어 하는데 왜 인생 책이라는 거야 대체?"

"나는 딱 저기까지였어."

"너는?"

슬이 묻는다.

"응. 인생을 한참 살아가야 할 청소년들한테 무슨 인생무상의 주제를 교과서에서 알려주나, 그런 것도 있어. 왜 저렇게 사는 건 끝에 가서 허무하다고 알려주나 다 가지고 살았으면 사람이 다 가지면, 다 이루면 끝내 저렇게 허무하다고 알려주는 건가? 세속적 욕망이 나쁜 건가 아니잖아. 죄를 지어야 나쁜 거지. 저런 건 나쁜 게 아닌데 왜 저런 욕망을 지니는 것만으로도 그걸 좀 탐한 것 가지고 그걸 죄라 하고 죄악에 대한 징벌로 저런 삶을 살게 할까. 저런 삶이 왜 징벌일까. 나는 딱 여기까지. 별로였어."

"불도에 정진해야 하는 스님이었으니까 세속의 욕망을 꿈꾸는 게 죄가 될 수 있겠지. 꿈꾸는 건 죄가 아니잖아. 그런데? 별로였는데 어떻게? 다른 깨달음이라도 얻은 거야?"

슬이 추운지 두 손으로 팔을 감싼다. 하루가 걸치고 있던 긴팔 린넨 셔츠를 벗어 걷어 올린 소매를 내린 뒤 슬에게 준다.

"우리 형. 너도 저게 모든 게 꿈이고 인생무상이 주제라 생각하느냐고."

"그러면?"

슬이 옷을 껴입는다.

"망각."

"망각?"

"잊은 거야. 성진은 양소유가 되면서 점점 자신이 성진이라는 걸 잊었어. 그리고 자기가 양소유라는 것만 기억하는 거야. 이렇게 되면 무엇이 꿈이고 현실인지 어느 것이 허상이고 진실인지 누가 가짜고 누가 진짜인지 알 수 없게 돼."

슬이 고개를 끄덕이며 듣고 눈을 반짝이며 말한다.

"아니. 그걸 구분할 필요 없지. 구분해서도 안 되고. 그게 망각이니까. 잊었다는 사실조차 인식하지 못해. 새로운 자신만을 기억하는 거라면."

"그런가…."

유미가 중얼거린다.

"새로운 자신만을 기억한다…. 왜? 왜 잊었을까…."

– 두 번째 역 –

구슬 속 세계

“나도 한 모금만.”

그 말에 하루가 봉지에서 새 캔을 꺼내려 하자 슬이 아이패드를 보다가 하루의 캔을 뺏어 든다.

“한 모금이면 돼.”

슬이 말 그대로 한 모금을 마신 뒤 다시 하루에게 캔을 준다.

“뭐 보고 있어? 영화?”

“졸업 사진. 난 이게 더 잘 나온 것 같은데.”

슬이 유미에게 패드를 보여주며 묻는다.

“난 그다음 게 더 좋은데. 밝고 발랄해 보여. 순진한 여고생 같은 느낌이야.”

“우웩!”

슬이 토하는 시늉을 하며 손으로 다음 사진을 넘긴다.

“이제 남학생들이네. 민호 얘 화장했나 봐 좀 티 안 나게 살짝 하든지 하지. 입술도 너무 진하고 어휴. 어머! 얘는 왜 옆 학교 교복을 입고 찍었대? 하여간 얘도 정상은 아니야.”

“동훈이지? 그 교복이 로망이래. 학군 상으로 그 학교 갈 수도 있었는데 엄청 억울해했었어."

"차이나카라 로망이라. 오, 우리 하루 잘 나왔네. 역시. 그런데 세 장 다 똑같이 심드렁. 넌 고를 것도 없겠다."

슬은 패드를 돌려 하루에게 보여준다.

"볼래? 하나씩 골라야 해. 증명사진 하나 프로필 하나."

슬이 묻자 하루는 고개를 젓는다.

"어차피 꺼내 보지도 않을 건데. 상관없어"

그 말에 슬이 하루는 원래 저렇다니까, 라는 웃음을 지으며 하루의 사진을 크게 확대한다.

"어?"

슬이 좀 놀라자 유미도 같이 본다.

"왜 그래?"

"같은 줄 알았는데 다르네."

"응?"

하루가 맥주를 마시다 슬이 내민 패드를 본다. 봐도 모르겠다는 듯 다시 슬을 보고.

"렌즈. 낀 사진도 있고 끼지 않은 사진도 있어."

하루의 눈동자는 옅은 갈색이라 평소에 검정색 컬러 렌즈를 끼고 다닌다. 별것도 아닌데 언제나 눈동자 색깔은 타인의 관심을 끌었다. 피부도 흰 편이라 아마 키가 크지 않았다거나 어깨가 넓지 않았으면 꽤나 놀림 받고 조롱의 대상이 되었을 외모이다. 고등학교에 입학하자마자 컬러 렌즈를 끼고 다니기 시작했다. 유미는 렌즈 낀 사진과 그렇지 않은 사진을 번갈아가며 본 후에 하루를 쳐다본다.

"안 낀 게 훨씬 예쁜데 왜 끼고 다녀?"

"그래서."

"응?"

"예뻐서."

하루의 대답에 유미는 어이없다는 듯 하루를 보고 슬은 웃는다.

"끔찍하게 싫었다, 어려서부터. 여자라면 모를까 남자가 갈색 눈동자라니. 쌤들도 수업시간에 한 번씩 말하는 데다가, 실례인 줄도 모르고 빤히 쳐다보는 녀석들도 있고. 덕분에 그쪽 취향 남자애들한테는 시달림 좀 당했지."

하루는 그때 기억이 나는지 고개를 저으며 맥주를 마신다.

"맞아. 하루 사물함에 들어있던 분홍색 편지봉투에 아기자기 포장한 선물이며 남자도 꽤 있었지."

그 말에 하루가 맞다며 고개를 끄덕이고.

"누군지 알아내 죽여버리려다가 참았어."

하루가 분한 얼굴로 맥주캔을 찌그러뜨린다.

"여자한테 인기 있을 타입인데 오히려 남자였구나."

유미가 역시 의외라는 듯 말한다.

"부드럽고 다정하고 게다가 뽀얀 피부에 완전 밀크남인데…. 하긴 여자애들이 좋아하는 건 한계가 있지. 어차피 이루어질 확률, 기회가 올 확률은 낮다는 걸 아니까."

"그럼 남자애들은? 걔네가 더 확률이 아예 없는데."

슬의 말에 하루도 잘 모르겠다는 듯 어깨를 으쓱한다.

"다르지. 걔네들은 이미 그 부분은 초월한 거야. 이루어지고 아니고가 중요한 문제가 아닌 거야. 절대 안 될 걸 알지만 부딪쳐 보고 싶은 마음. 이게 여자애들이랑 비슷하면서도 다른 점이지. 어차피 안 되니까 한 번쯤은 말하고 싶은 마음. 그건 기대를 조금이라도 하는 여자애들과는 달라."

"이해가 될 것 같기도 하고…."

슬이 아리송한 얼굴을 한다.

"기대를 조금이라도 하니까 여자애들은 뭔가 더 비밀스럽고, 심지어 이게 뭔가 싶은 애매한 방법으로 표현하는 거지. 기대하는 건 어느 정도 자존심을 걸고 있다는 거니까…. 나중에 소문이 나거나 했을 때 장치를 마련해두는 거지. 너흰 이런 거 모르지? 늘 받는 입장이니까."

유미의 말에 하루는 자신이 그런 은밀한 사랑을 받았는지 생각해본다. 모르겠다. 그럴 겨를이 없었다. 이정만 보고 있었기에. 그리고 자신의 등만 보며 걸어오는 슬만 신경 쓰고 있었다.

세 사람은 보이지 않는 동그라미 안에 서 있었다. 그 동그라미 안에서 지루한 게임을 하고 있었고 하루는 슬을 완전히 밀어내지 못했다. 지금도.

진작에 밀어냈다면…. 아니 결코 밀어내지 못했을 것이다. 슬에게 그런 짓을 하고 이 아이를 외면하며 아무렇지 않게 살아가진 못했을 것이다.

"그런데 참. 사진 찍다가 렌즈를 뺀 거야? 아니면 찍다가 낀 거야?"

하루는 잠시 생각하다가 아니, 분명히 알지만 잠시 텀을 두고 말한다. 그리고 슬의 얼굴을 살핀다.

"서로 다른 날 찍은 거야."

"다른 날? 왜?"

슬이 패드와 하루를 다시 번갈아 가며 묻는다.

"너 정말 몰라서 물어?"

하루가 슬을 똑바로 쳐다보며 지긋지긋하다는 듯한 말투로 반문한다.

하루의 눈빛이 그 어느 때보다 뜨겁다. 분노로 뜨거워진 눈빛.

슬은 당황한 얼굴이고 유미 역시 눈치를 본다.

"나 화장실 좀 다녀올게."

유미가 일어나고 슬과 하루 사이에는 잠시 침묵이 흐른다.

"하루야…."

슬이 하루를 달래듯 나지막하게 부른다. 하루는 자리에서 일어나 슬의 옆으로 와 앉는다.

뜨거워진 눈빛은 손대면 베일 것 같은 칼날로 변했다. 처음 보는 그의 얼굴에 슬은 놀란 듯, 그리고 두려운 듯 몸을 움츠리고 하루에게서 떨어져 창문 쪽으로 몸을 붙인다. 하루는 그런 슬의 어깨를 감싸고 거칠게 당기며 말한다.

"너 알잖아. 증명사진 찍다가 도중에 나 뛰쳐나갔던 거. 너 기억하잖아. 네가 기억 못 할 리 없잖아. 그래서 프로필 사진 찍는 날 증명사진 다시 찍었잖아. 프로필 찍는 날 내가 렌즈를 안 낀 이유. 아니 못 낀 이유. 너 알잖아. 왜 물어본 거야? 그날을 확인받고 싶은 거야? 내가 그날에 대해 지금까지 한 번도 이야기하지 않으니까 물어보고 싶은 거야?"

"하루야…."

슬이 하루의 손을 잡으려 하자 그것을 거칠게 뿌리친다.

"내가 그날…."

그날만 아니었어도.

그날로 돌아갈 수만 있다면.

과거를 후회하는 사람들의 레퍼토리를 읊는다.

그때로 다시 돌아간다면 그러지 않았을 텐데 하는 뻔한

레퍼토리. 절대 이루어질 수 없다는 걸 알지만, 그 생각이 머릿속에서 떠나질 않는다.

슬의 집에 여느 날처럼 모였고 뉴스를 보고 있었다. 모임 요일은 아니었지만, 모의고사를 보는 날이라 야자가 없는 날이었다.

삐걱거리고 있었다. 누구 한 사람 말을 꺼내지 않았지만 미묘한 분위기, 팽팽한 긴장감이 감돌았다. 네 사람은 각자의 자리에서 고무줄을 당기고 있었고 누구 하나 손에 힘을 풀거나 놓치지 않기 위해 안간힘을 썼다. 말만 안 했을 뿐 모두 알고 있었다. 언제 이 고무줄을 놓아야 하나 눈치를 보고 있었다는 것을. 다 망가진 관계를 당겨봐야 아무 소용 없다는 것을.

그럼에도 불구하고 네 사람은 만났다. 독서 모임을 하고, 음식을 먹거나 술을 마셨다. 지금 생각해보면 말도 안 되는 일이다. 하루에게는 그 모임이 유일한 끈이었다. 이정을 볼 수 있는. 그러니 슬은 하루를 따라서 그 모임을 포기할 수 없었을 것이고 유미 역시 주위를 맴돌았다. 제일 이해되지 않는 사람은 사실 이정이었다. 이정이야말로 이 모임에 나올 이유가 없었다.

하루는, 이정이 자신과 같은 마음일 것이라 생각했다. 비록 두 사람은 가장 비열한 방법으로 상처를 주고받고 헤어지게 되었지만, 이정은 하루의 마음을 알았을 것이라 추측했다. 자신을 미워하거나 원망하는 눈으로 보지 않았고 어쩌다 눈이 마주치면 슬픈 미소를 보였다. 여자친구의 친구와 잠자리를 가진다는 것은 고등학생에게 어마어마한 일이었다. 어른이라면 달랐을까? 어른들이면 그런 일쯤은 아무것도 아니라는 듯 이른바 쿨하게 행동할 수 있을까. 비록 그것이 의도된 함정이었지만. 하루에게는 슬에 대한 책임감이 분노와 함께 있었고, 슬은 그 핑계로 하루의 곁에 있었다. 누구 한 사람 모임을 그만하자고도 안 했고, 굳이 그런 말이 없이 모임에 나오지 않는다거나 하지 않았다. 모임은 꼬박꼬박 같은 요일, 같은 시간에 이루어졌다. 그리고 모임 날이 아니더라도 그들은 간간이 만났다. 그 집에 왔다. 자연스럽게 그렇게 되었다. 슬은 하루를 잡아두려 했고, 둘이 있는 슬의 집에 유미와 이정이 차례로 나타나는 순서였다.

차라리 그런 날들로 돌아가고 싶다고 하루는 눈을 감고 뒤로 기댄다. 그때는 그래도….

그러다 눈을 떠 창문에 비친 슬의 얼굴을 바라본다. 그 얼굴이 문득 자신과 이정이 마지막으로 이야기를 나누었던 그날의 이정과 같은 얼굴이란 생각이 든다.

그래, 아직까진 아니다. 아직은 모든 감정을 발산하고 모든 이야기를 털어놓고 들을 만한 시점은 아니다. 망치지 말자. 다시 오지 않을 기회를 이대로 날려버리지 말자고 다짐한다.

"미안해 슬아…."

"뭐가…. 뭐가 미안한데?"

그러다가 슬은 곧 눈물이라도 떨어뜨릴 것 같은 얼굴을 한다. 이 얼굴이 하루를 어떤 의미에서 미치게 만든다.

"아. 남자들은 이런 거 싫어한댔는데. 미안하다고 말하면 받아줘야 하는 건데."

그 말에 하루가 고개를 젓는다.

"아니. 그날만큼은 내 잘못이야."

말을 뱉는 동시에 후회한다. 사과도 참 뭣같이 한다 생각하며. 그날만큼은 이라니…. 미안하면 미안한 거지, 난 그것만 미안하다 다른 건 아니라고 선을 긋고, 잘못의 몫을 가지고 내 것 네 것 따지고 있으니. 쪼잔하고 못났다는 생각에 부끄러워진다. 그렇게 계산하며 사과하지 않아도 슬은 다 아는 아이인데 굳이 말로 해버린다. 슬이 고개를 숙인 뒤 잠시 있다가 고개를 젓는다.

"나 잊어버리고 있었어. 그 일이 그날이었다는 걸. 그날 뒤 우리 모두 좀 뒤죽박죽이었잖아. 제대로 정확히 기억이 안 났었어. 정말 몰라서 묻냐는 그 말에 나도 아차, 싶었던 거야."

하루가 슬의 손을 잡는다.

"그만하자 그 얘기. 지금은 그만해. 슬아."

아직은 때가 아니다. 모든 걸 뛰어넘고 그 얘기부터 할 수는 없다. 차근차근 하나도 빠뜨리지 않고 모든 것이 재생되어야 한다. 빨리 감기 버튼을 누른다거나 오른쪽 화살표를 눌러 건너뛰기를 해서도 안 된다. 슬이 하루의 어깨에 머리를 기댄다. 하루는 주먹을 꽉 쥔다. 그때 유미가 들어오고.

"뭐야. 벌써 화해한 거야?"

유미는 슬의 맞은 편에 앉는다. 세 사람의 자리가 완벽하게 바뀐 셈이다. 기차가 정차를 위해 잠시 멈춘다.

"어디쯤 왔지?"

슬이 여전히 하루에게 기대어 묻는다.

"아직 더 가야 해. 좀 자둬. 해 뜨는 거 볼 때까지 깨어 있으려면 피곤할 거야."

슬이 고개를 젓는다.

"자는 건 아까워. 유미야 나 맥주 좀."

유미가 옆에 있는 봉지를 뒤적인다. 빈 맥주캔 달그락거리는 소리만 날 뿐이다.

"다 마셨는데?"

그 말에 하루가 일어나더니 빈 봉지에 맥주캔들과 남은 음식들을 담는다.

"이거 버리고 사올게. 먹고 싶은 거 있어?"

"그냥 적당히. 아무거나 괜찮아 난."

"유미 넌?"

"나는…. 맛밤! 맛밤 한 봉지랑 프링글스 같은 종류 있으면 그런 거로?"

"응. 갔다 올게."

하루는 봉지를 들고 나가 세면대 옆 쓰레기통에 버린 후 4호차에 있는 카페로 간다. 그곳은 좌석이 없고 한쪽에 술과 간단한 먹을거리를 파는 매점, 작은 노래방과 안마의자가 놓여 있는 공간이다. 입석으로 가는 사람들이 군데군데 자리를 잡고 바닥에 앉아 술판을 벌이고 있었다. 맥주와 먹을거리를 산 다음 하루는 한쪽에 창밖을 보고 앉을 수 있는 벤치형 의자에 앉아 맥주캔을 딴다.

어두워 아무것도 보이지 않는다.

밤새 달리는 기차. 이 기차가 멈추는 그 순간 우리는 마지막 지점에 있어야 한다. 그런데 아직 스타트도 하지 못한 기분이다. 사실 어디부터가 스타트인지를 알 수 없다. 하루가 스타트 지점에서 달리기 시작한다고 해도 저 둘이 같이 달려줄지도 알 수 없다. 창밖을 보니 빠르게 지나가는 기차 때문인지 멀리 보이는 마을의 불빛들이 움직이는 것 같다. 메리고라운드.

첫 모임 이후 학교에서는 이정과 말 한마디 제대로 할 수 없었다. 처음에는 쑥스러워서 피한다고 생각했다. 쉬는 시간에 이정을 보러 가면 이정은 놀란 눈으로 주위만 살피다가 하루를 지나쳐 버려 교실 뒷문으로 나가곤 했기 때문이다. 그리고 하루의 짐작으로는 늘 붙어 다니는 슬과 유미의 눈치가 보이기 때문인 것 같았다.

슬의 눈빛은 알 수 없는 분노가, 유미의 눈빛은 왜 그런지 몰라도 언제부터인가 조롱으로 가득 차 있었다. 그런 눈빛으로 유미가 이정을 본 건 독서 모임을 시작한 뒤 한참 뒤였다는 것도 하루는 지금 생각이 났다. 어쨌든 그리 섬세하지도 않은 하루까지도 느낄 정도였으니 이정이야 오죽했을까. 하지만 그러면서도 그 셋은 붙어 다녔다. 이해할 수 없는 관계였다. 그리고 그 이해할 수 없는 관계는 지금도 이어지고 있었다. 이정은 독서 모임에 집착하다시피 했고 그 관계도 끊을 생각을 하지 못했다.

한 달 정도 하루와 이정은 카톡만 주고받았다. 사귀자,

라는 말은 없었지만 하루는 그게 더 좋았다. 유치하지 않다고 생각했기 때문이다. 자연스럽게 발전하는 관계. 더없이 이상적이었다. 그러던 어느 날. 아니 정확히 기억하고 있다.

하지만 어느 날이라고 하면 그것이 뭔가 더 드라마틱하기에.

침대에 편하게 다리를 쭉 뻗고 앉아 이정과 카톡을 하는데 이정이 롯데월드를 가고 싶다 했다. 하루는 그 말에 지금 당장 롯데월드를 가야 하는 사람처럼 침대에서 벌떡 일어났다. 그날 하루의 모습을 만화로 표현하면 머리 말 풍선에 '드디어 데이트다!'라 쓰여 있고 뭔가 결연한 의지를 담고 있으면서도 설레는 소년을 한 컷에 담을 수 있을 것이다.

그 주 토요일 4시에 만나기로 약속을 정한 순간부터 하루는 어릴 때 산타 할아버지가 온다는 크리스마스보다 더 손꼽아 기다렸다. 난생처음 여자와의 데이트다. 그냥 여자가 아닌 좋아하는 여자. 아니 이정. 뭘 어떻게 해야 할지 몰라 데이트, 롯데월드 등의 검색어를 치며 금요일 밤을 보내는데 문득 이정이 만나자는 시간이 너무 애매하다고 느꼈다. 롯데월드는 아침 일찍부터 가도 줄 서서 기다려 놀이기구를 타야 하는데 너무 늦은 시간이다. 그렇다고 야간 개장을 할 시간도 아니고. 하루는 더 일찍 만나자고 톡을 보내려다가 그만둔다. 이정이 만나자는 시간에 만나야 모든 게 어긋나지 않을 것 같다는 생각이 들었기에.

그런 때가 있다. 그 시간 그때가 아니면 만나지 못할 것 같은 느낌이 들 때. 그때를 놓쳐버리면 '역시 우리는 인연이 아니다'라고 생각하며 그 관계를 포기해 버리는 그런 때. 구체적으로 설명할 수 있는 건 아니지만 하루는 그 만남이 그렇게 느껴졌다.

지금 생각하면 너무 많은 의미 부여를 했다. 모든 하나하나에 의미 부여를 하니 중요한 것과 사소한 것의 차이를 알 수 없게 되었다. 꼭 알아야 할 것과 지나쳐도 될 것을 구분할 수 없게 되었다. 하지만 누가 제대로 할 수 있을까 그것들을 구분하는 것을.

주말은 늦잠을 자지만 그날 토요일은 새벽부터 눈이 떠졌다. 알람을 맞춘 것도 아닌데 눈이 떠지면서 기분도 상쾌했다. 4시까지 기다리는 시간이 지루하면서도 설렜다. 그 두 가지를 어떻게 한 번에 느낄 수 있었는지 모르지만 하루는 그랬다. 3시 좀 넘어 도착해 트레비 분수 앞에 갔는데 이정이 나와 있었다. 이정은 분수를 향해 걸어오는 하루를 보고 손을 흔들었다. 하루는 이정에게 달려갔다. 그때 환하게 웃는 이정의 얼굴이 곧 울 것 같은 얼굴로 바뀌었다. 그러더니 하루에게서 돌아섰다. 하루는 자기가 약속시간을 잘못 알고 있어 조금 늦은 것에 이정이 토라졌다고 생각했다.

"저기…. 나는 우리가 4시에 만나는 줄 알았어. 늦어서 미안해."

어쩔 줄 몰라 하며 이정의 뒤에 서 있던 하루는 한숨을 크게 쉬지도 못하고 머리만 긁적이며 있는데 그때 이정이 돌아섰다. 이정의 눈은 그렁그렁 맺힌 눈물로 반짝였다. 그 모습도 예쁘다고 생각한 자신을 분위기 파악도 못 한다며 혼자 미친놈이라고 욕하고 있을 때

"나 너무 기뻐서…."

라고 이정이 말했다. 하루는 무슨 말인지 몰라 멍하니 이정만 바라보고 있는데.

"네가 이렇게 일찍 올 줄 몰랐어. 나처럼 3시부터 나와 기다릴 줄 몰랐어. 나만 그런 줄 알았는데…. 그래서 너무 좋아."

"이정아…. 무슨 말이야…. 미안한데 무슨 말 하는지 잘 모르겠어."

같은 언어를 쓰는 데도 이정은 마치 다른 별나라 언어, 하루가 이해할 수 없는 언어로 말하는 것 같다. 이정이 하루의 한쪽 손, 정확히 왼손을 잡더니 거기에 무언가를 쥐여 준다.

"『어린 왕자』?"

휴대폰 고리다. 동시에 아. 하며 하루의 머릿속을 지나가는 문구가 있다.

"가령 오후 4시에 네가 온다면, 나는 3시부터 행복해지기 시작할 거야…."

하루는 그 문구를 그대로 내뱉는다. 그때니까 가능했다. 『어린 왕자』의 문구가 생각이 난 것도, 그걸 생각한 이정에게서 전율을 느낄 수 있었던 것도.

지금 생각하면 오글거리는 저 말이 그때니까 가능했다. 그런데 왜 저 문구를 오글거린다고 생각할 수밖에 없을까. 저것은 100% 진심이 담긴 이정의 마음이었다. 3시부터 행복해질 그 애의 온전한 마음이었다. 마음 그대로를 말로 표현한다고 해서 그건 오글거린다고 할 수 없다. 아니, 오글거린다고 할 수는 있어도 오글거린다고 해서 100% 진심이라는 것을 부정해서는, 무언가를 덧씌워 그 진심을 뿌옇게 만들어서는 안 된다.

"그래서 너…. 3시부터 나온 거야. 이정아?"

그 말에 이정이 고개를 끄덕인다.

"마음에 들어?"

하루는 가슴이 뭉클해지며 어린 왕자 핸드폰 고리를 손으로 매만진다.

"무척, 무척 마음에 들어."

이정이 다시 환하게 웃으며 자신의 핸드폰을 보여준다. 거기에는 사막여우 고리가 걸려 있다.

"이런 거 해보고 싶었어…."

이정은 하루와 자신의 휴대폰을 들고 흐뭇한 표정으로 바라보다가 하루를 향해 웃는다. 하루는 이정과 뭘 하지 않아도, 이렇게 웃는 걸 바라만 보고 하루 종일 있어도 좋겠다란 생각을 했었다. 그 사람의 웃는 얼굴을 보기 위해 무엇이든 할 수 있다는 진부한 대사가 더 이상 진부하게 느껴지지 않았다.

놀이기구 타는 건 무섭다는 이정의 말에 두 사람은 걸어 다니고 그러다 추러스를 사 먹거나 벤치에 앉아서 이야기를 나누곤 했다. 하루가 용기 내어 이정의 손을 잡았는데 이정은 뿌리치지 않았다. 하루의 손을 꼭 잡아주었다. 밤이 되자 롯데월드는 화려한 조명과 불빛으로 가득했다. 어릴 때 보고는 관심도 가지지 않던 퍼레이드 조차 이정과 함께 있으니 재미있었다. 그리고 하루는 초조해졌다. 이정이 밤이 되었으니 집에 가야 된다고 말할까 봐 마음이 바빠졌다.

"이제 뭐 할까? 다리 안 아파?"

"괜찮아. 하루야 우리 회전목마 보러 가자."

"회전목마? 가자."

이정의 손을 잡고 회전목마 타는 곳에 줄을 서려 하는데 이정이 하루의 팔을 잡아끈다.

"타는 것 말고 그냥 보고 싶어."

두 사람은 회전목마가 잘 보이는 벤치에 앉아서 아이들이 타는 것을 구경했다. 이정은 말없이 회전목마가 돌아가는 것을 보기만 했다. 빛을 내며 음악에 맞춰 돌아가는 말들을.

"하루야."

"응?"

"난 회전목마를 보고 있으면 내가 평범한 것처럼 느껴져. 평범해서 행복한 것 같은 착각이 들어."

하루는 무슨 말인지 몰라 이정의 말을 듣고만 있다.

"엄마, 아빠의 사랑을 듬뿍 받으며 자라는 게 평범한 거잖아. 저렇게 목마를 타면서 아래에서 기다리고 있는 엄마한테 손을 흔들고 있는 아이를 보면 그런 생각이 들어. 저 아이는 사랑받는구나. 순수하고 완전한 사랑을 받는구나. 불안하지 않겠구나. 누군가 자신을 저렇게 기다려주고 지켜준다는 것을 아니까…. 결핍된 무언가가 아닌 정상적이면서도 평범한. 그러면서도 완전한 사랑이구나…. 그런 관계구나…."

그 말을 하는 이정은 쓸쓸해 보였다. 하루는 아무 말도 하지 않고 속으로만 짐작할 뿐이다. 이정의 가정사가 순탄치 않았을 것이라는 그런 진부한 상상을 해본다.

"난 그런 사랑을 하고 싶어. 순수하고 완전한. 모든 것이 충만한. 나를 지켜줄 수 있는. 그리고 평범한…. 너무 많은 걸 바라는 건가? 사랑 하나에 갖춰야 할 게 너무 많지?"

이정이 원하는 게 정확히 뭔지는 모르겠지만 하루는 그것을 자신이 채워주고 싶었다. 아니, 자신이 채워야 할 몫이라는 의무감을 느꼈다.

하루는 이정에게 입을 맞췄다. 그때를 기억한다. 이정의 얼굴을 감싸고 있던 자신이 손이 파르르 떨리던 것을. 이정의 볼 위로 뜨거운 눈물이 흐른 것을.

아직도 모르겠다. 그때 이정은 왜 울고 있었을까. 놀라서 입술을 떼고 이정을 보니 눈물이 볼을 타며 흐르고 있었다. 그 눈물을 보니 하루의 마음도 왠지 시큰해졌다.

좋아하는 여자가 울면 이런 기분이구나.

덜컹, 하고 기차가 멈추자 하루는 기차가 다음 역에 도착할 때까지 자신이 카페 칸에 있었다는 걸 기억하고 다시 자리로 돌아간다.

"맥주를 만들러 간 줄 알았네. 왜 이렇게 늦게 온 거야?"

유미가 하루가 내미는 봉지에서 맛밤부터 찾아 포장을 찢으며 말한다.

“줄이 길어서.”

하루는 슬의 옆에 앉아 맥주캔을 딴 뒤 건네준다. 그리고 유미에게도 캔을 딴 뒤 준다. 유미가 캔을 받아든 뒤 하루를 유심히 본다.

“왜?”

“남자들의 이런 행동은 매너일까, 호감일까?”

그 말에 하루가 피식 웃는다.

“당연히 매너지. 안 그럼 내가 너한테 호감이야?”

“너니까 이게 매너라는 걸 알겠는데 남자애들이 하는 어떤 행동들은 이게 매너인지 아니면 나에게 호감인지 헷갈릴 때가 있어. 지금 같은 경우는 그런 생각도 들지 않을 정도로 미미하지만 예를 들어, 음…. 막상 말을 하려니 생각이 나질 않네.”

그런 경우에 뭐가 있는지 슬과 유미가 생각하는 듯하다. 하루는 맥주만 마시고 있다.

“추울 때 교복 재킷이나 점퍼를 벗어주는 거? 이건 매너일까, 호감일까?”

유미가 조심스레 묻는다.

“그건 호감이지. 좋아하지도 않는데 굳이 자기 옷을 벗어줄 리 없잖아? 안 그래 하루야?"

슬의 당연한 걸 뭘 묻냐는 듯 확실히 대답한 후 하루에게 동의를 구한다. 하루는 곰곰이 생각한다.

"어떤 경우냐에 따라 다르지. 유미 너 혹시 누가 너한테 그런 적 있어? 누구랑 썸 타는 거야?"

유미는 머뭇거리며 슬을 본다. 슬이 대신 대답한다.

"동수. 유미 재 3학년 올라오고 나서부터 동수랑 계속 썸 타고 있잖아. 근데 그게 정말 둘이 맞아서 썸을 타는 건지 아니면 짝사랑 중인데 자기가 착각을 하는 건지 모르겠대."

하루는 동수에 대해 생각하다 피식 웃는다.

"남자인 하루가 좀 봐줘. 동수가 유미한테 호감이 있는 건지 아닌지."

하루는 이야기를 듣기 전부터 이건 그런 종류가 아니라고 생각한다. 하루는 유미를 흘깃 본다. 유미를 여자로 봤을 때 좋게 말하면 통통한 편이고 화장으로 가렸지만, 여드름도 많고 입술도 뒤집힌 것처럼 두껍다. 결코, 호감을 줄 수 있는 외모라 말할 수 없다.

남자는 무조건 예쁜 여자를 좋아한다. 거기서 호감은 시작된다. 드라마나 영화의 주인공들이 사랑에 빠지는 것에 몰입할 수 있는 것도 그들이 그럴만한 외모이기 때문이다. 하지만 이런 말을 절대 이 자리에서 할 수 없다.

"어떤 일이 있었지? 얘기해 봐 하루한테."

유미는 잠시 망설이다 이야기를 시작한다.

"고3 되고 동수가 반장, 내가 부반장이었잖아. 그래서 둘이 같이 자질구레하게 챙길 것도 많았고 함께 있는 시간도 종종 생겼고…. 처음에는 내가 부반장이니까 좀 챙겨주나 보다 했는데 시간이 지날수록 단지 그런 이유는 아닌 것 같단 생각이 들더라고…."

그 말에 하루는 의심을 가진다. 적어도 하루가 아는 동수는 대가 없이 무언가를 베풀 인간이 아니다. 여자에게 관심이 생겨 마음을 얻어야 할 일이 생긴다면 모를까. 그런데 관심이 생길 대상이 유미라는 게 하루는 납득이 가지 않는다. 유미는 슬과 하루도 자신이 그러는 것처럼 동수와의 기억에 대해 그 두 사람 역시 소중하고 신성하게 여겨야 할 것으로 대해야 하는 것처럼 천천히 정성을 다해 말한다.

"쓰레기 갖다 버리는 것만 해도 그래. 교실 4층이라 내려가서 또 재활용장까지 가는 거 꽤 멀잖아. 그런데 꼭 그걸 동수가 했어. 내가 하려고 하면 한사코 말리면서 말이야. 이건 매너야 호감이야?"

"호감이지!"

슬이 확신하다는 듯 고개를 힘차게 끄덕이며 답한다. 그리고 하루를 본다. 하루는 아직 모르겠는지 고개를 갸우뚱한다.

“난 잘 모르겠는데. 지금 매너인지 호감인지 골라야 하는 거야? 난 좀 더 들어볼게.”

하루는 유미에게 혹시 동수가 쓰레기를 버려주면서 유미의 노트를 빌려달라거나 복사를 해도 되는지 물어보지 않았는지 묻고 싶은 것을 참았다. 동수가 정시로는 가고 싶은 대학이 간당간당이라며 수시를 노려야겠단 말을 들은 적 있는 것 같기도 하고. 자기는 공부 열심히 해야 될 얼굴이라고 점심시간에도 빵과 우유를 잔뜩 사다가 책상에 쌓아놓고 배시시 웃으면서 유미가 하는 말이었다. 이과 1등인 유미의 ‘전설의 노트’를 보고자 했던 동수의 뻔히 보이는 수작이라고 확신하며 하루가 묻는다.

“그런데 슬아, 넌 왜 호감이라 생각한 거야?”

“당연하지. 그 귀찮은 일을 1년 내내 동수가 유미 대신했다고 하잖아. 4층부터 1층까지 그리고 다시 분리수거장까지 쓰레기 갖다버리는 거 얼마나 귀찮은 일인데.”

쓰레기를 갖다 버리는 일이라면 학급의 반장도 부반장도 아닌 하루도 몇 번 한 적이 있다. 하루네 반은 반장, 부반장이 모두 여자였는데 4층을 오르락내리락하며 낑낑거리는 걸 보며 농구 하러 내려갈 때 들고 간 적이 있다. 여자애들이 번거로워하는 일을 남자애들은 의외로 별거 아니라 생각하는 경우가 많다.

"내가 이런 일 때문에 공부할 시간 빼앗기는 것 같다고 걱정도 했었어. 자기 공부 신경 쓰기도 바쁠 텐데 나까지…. 그리고 수돗가에서 마주치면 항상 물을 틀어주고 이쪽에 와서 씻으라고 하고. 다른 애들이 수군거리는 바람에 얼마나 불편했었는데."

유미의 말투는 하나도 불편하지 않은 오히려 약간 우쭐대는 것이 느껴졌다.

하루는 자신이 동수가 되었다고 상상을 하고 지금 수돗가에 서 있다고 가정해 본다. 같은 반 여자애, 게다가 한 번만 봐도 내신 성적이 20점은 올라가는 기적의 노트를 가지고 있는 여자애가 있다. 동수라면 그 노트를 빌리기 위해 그런 일쯤이야 할 만하다고 생각할 녀석이다. 여자애들은 이상하다. 수돗가에서 물 틀어준 걸 왜 자기를 좋아한다고 착각할까. 그건 동성 간에도 할 수 있는 사소한 것이다.

수돗가…. 하루는 수돗가를 기억한다. 운동장 한쪽 구석. 자신의 사소한 행동이 누군가에게 이처럼 큰 파장을 일으키지는 않았는지. 착각을 하게 만들진 않았는지.

기억한다고 하지만 사실 저 아래 기억나지 않는 무언가가 가라앉아 있다.

그게 뭘까.

"그리고 결정적인 건…."

유미가 이것까진 말하지 않으려 했는데, 라는 비장한 얼굴로 말한다.

"내가 언제인지도 정확히 기억해. 10월 말쯤 수능도 얼마 안 남았을 때야. 그때 동수랑 수능 떡 맞추러 야자하기 전에 나갔다 온 적 있는데 내가 좀 추워하니까 동수가 교복 재킷을 벗어줬어."

슬이 그것 보라며, 자기 말이 맞지 않느냐는 제스처를 하며 하루를 본다. 하루는 그런 슬을 보고 고개를 한 번 젓더니.

"그래. 결정적이네. 결정적으로 그건 수…. 매너야. 호감 아니라."

그 말에 유미가 거의 울 것 같은 얼굴로 하루를 본다. 사실 다른 의도가 있는 수작이라 말하려다 매너라는 이름으로 포장한 걸 유미는 몰라야 한다.

"10월 말이라면 그렇게 추울 때 아니야. 여자라면 몰라도 남자애들은 한겨울 되기 전까지는 추운 줄 모르고 살아. 별 희생 없이 동수는 자기가 매너 있는 남자라는 걸 보여준 거야. 살이 떨어져 나갈 것 같은 그런 추위에 옷을 벗어줬다면 그건 호감이지만."

슬도 하루의 대답에 할 말을 잃은 듯하다. 그러다가

"그런데 왜 매너 있는 남자라는 걸 보여주는 건데? 그것도 호감이 있어서 자기가 그렇게 보이고 싶은 거 아니야?"

그 말에 유미의 눈이 다시 희망으로 반짝거린다.

"그런 류의 애들이 있어. 자기는 여자한테 매너 있는 남자라는 걸 과시하고 싶어 하는. 왜 그런 지는 나도 몰라. 그냥 좀 다르게 보이고 싶었나 보지. 어쨌든 호감 아니야. 접어."

하루는 끝까지 노트 얘기는 하지 않는다. 이미 아니라는 것에서 상처를 받았는데 그 상처에 소금까지 뿌려 쓰라리게 만들 필요는 없다.

다음 역에 정차할 때까지 아무도 말이 없었다. 유미는 창문만 보며 맥주를 홀짝였고 슬은 하루에게 기대어 아이패드 속 사진을 보고 있다.

하루는 1분 1초가 아깝다.

일생에 단 한 번 있는 마라톤 대회에서, 반드시 완주해야 하는 대회인데 아직도 출발선에서 초조한 마음으로 스타트 총성이 울리기를 기다리고 있는 마음이다. 혼자서는 맞출 수 없는 퍼즐. 몇 번이고 혼자 맞춰보려 했지만 늘 마지막 조각이 없어 답답했던 마음. 오늘 밤은 그 퍼즐을 맞추어야 한다. 그런데 어디서부터 시작해야 할지 모르겠다. 어디가 시작인지도 모르겠다. 하루는 슬과 유미를 본다. 그리고 이정을 떠올린다. 그러자 가슴에 큰 돌덩이가 있는 것 처럼 답답하다.

우리가 만나지 않았더라면 그 일은 일어나지 않았을까?

"호감이 아니라고 생각했는데…."

정적을 깬 건 슬이었다. 그 말에 유미가 시무룩하게 답한다.

"너 아깐 호감이라 그랬잖아. 확실하다고…."

"아니, 이정이 말이야…."

하루는 이정의 이름이 나오자 온몸이 돌처럼 굳어진다.

드디어.

시작이구나.

"호감일 거라 생각 못 했는데…. 아니, 사랑일 거라 생각 못 했는데…. 단 한 번도. 한순간도. 그저 동경이라 생각했어. 그런데 어쩌면 사랑일 수도 있겠다 싶어. 이정이가 하루 널 향한 마음이 말이야."

하루의 얼굴이 일그러졌다.

몇 초 동안 그 얼굴은 놀람과 분노, 당황과 경멸 등 다양한 표정을 담고 있었다.

유미 역시 숨도 쉬지 못하고 슬을 보고 있다.

"너 어떻게…."

하루는 말을 끝까지 못하고 태연하게 담담히 이야기하

는 슬을 본다.

"이젠 좀 이야기해야 하지 않아? 우리한테는 마지막 밤인데. 다시 없을 밤에 그저 안줏거리 같은 이야기들로 이 밤을 보내고 싶지 않아. 모두들 그런 거 아니었어? 그래서 기차 여행 아니었냐고. 목적지에 도착할 때까지는 내릴 수 없는."

다시 정적이 흐른다.

이 정적은 서로가 서로를 기다려주는 그런 것이다. 각자의 생각을 정리하도록. 그리고 솔직하게 털어놓을 준비를 할 수 있도록. 하루는 슬의 말을 생각한다. 이정이 하루를 향한 마음이 사랑이라는 생각을 못 했다니. 뻔히 하루와 이정이 사귀고 있는 걸 다 지켜봤으면서도 저런 말을 뻔뻔스레 하는 슬을 보니 하루는 오히려 의욕이 꺾인다.

"갑자기 생각난 건데 고2 때인가 그랬을 거야. 농구공 넣는 게 실기 시험이라 점심시간에도 체육관에서 연습했었거든."

"나 그거 하나도 못 넣었는데."

유미는 슬이 꺼낸 이야기에 긴장이 풀린 것 같다. 하루는 무슨 이야기를 꺼낼지 몰라 듣고만 있다.

"점심시간 다음이 체육이었고 원래라면 실기 시험을 보기로 되어 있었어. 그런데 그날 하루네 반도 체육이었어. 한 번도 마주친 적 없는데 시간표가 바뀌었나 그랬었나 봐."

"짝피구…."

하루는 낡은 창문에 걸린 빛바랜 붉은 커튼 사이로 햇빛이 쏟아지던 체육관을 떠올린다.

그 전날 하루는 이정과 말다툼을 했었다. 지금은 이유도 생각나지도 않는 사소한 그런 싸움. 이정에게 톡을 해도 답도 없고 휴대폰을 꺼내는 것도 보지 못해 하루 종일 초조했었다. 카톡에서 사라지지 않는 1 때문에 마음을 바짝 졸여가며 있었다. 그놈의 카톡. 쉬는 시간에 말이라도 걸라치면 이정은 화장실을 가거나 다른 여자애들과 이야기하기 바빴다. 하루가 있는 쪽은 눈길도 주지 않았다. 5교시 영어 시간에 애들이 시험도 끝났는데 체육관 가서 놀자고 선생님을 졸라 댔고 끼리끼리 모여 있지 말고 모두가 할 수 있는 거로 한다는 조건으로 체육관 가는 것을 허락받았다. 그래서 정해진 것이 짝피구였다. 아이들은 싫지 않은 목소리로 야유했고 남자 한 무리, 여자 한 무리씩 대강 선 다음 짝을 정했다.

"짝피구가 뭐냐 짝피구가. 유치하게. 농구나 하게 놔두지."

동훈이 하루 옆에서 불평한다.

"도둑과 경찰 할 때는 미친놈처럼 땀 흘리며 뛰어다니더니 이건 유치하냐"

하루가 동훈의 뒤통수를 아프지 않게 치며 말한다. 사람들은 고등학생들이라면 뭔가 수준 높은 놀이나 운동을 할 것이라 생각하지만 막상 노는 것을 보면 초등학교 때 하던 놀이인 도둑과 경찰, 무궁화꽃이 피었습니다, 피구 등을 이십 대가 되기 직전까지 하고 논다. 그것도 열과 성을 다해서 아주 신나게 말이다. 동훈이가 다른 여자애에게 억지로 끌려갈 때까지 하루는 이정의 눈치만 보며 쭈뼛거리고 있었다. 이정은 한 손으로 다른 팔의 팔꿈치를 잡고 정면만 보고 있다. 몇몇 남자애들은 지들끼리 쑥덕거리더니 이정을 짝으로 데리고 가지 않았다. 하루가 무서운 눈빛으로 이정에게 다가오려는 애들을 쳐다본 탓도 있겠지만.

결국 하루는 이정의 손을 잡고 끌었고 그 애를 자신의 등 뒤에 숨기고 뛰어다녔다. 이정이 하루의 손을 꽉 잡았다. 놓치지 않으려는 듯. 상쾌했다. 이정에게는 보이지 않겠지만 빙그레 웃음이 났다. 등 뒤에 숨어 있는 이정을 자신이 보호해주는 것 같았고 때때로 다른 한쪽 손으로 하루의 허리춤 옷깃을 잡거나 하며 기대고 있음을 느꼈기 때문이다.

"공 맞는 거 무서운데…."

들릴 듯 말 듯, 투덜거리는 말투였지만 하루는 그 말이 좋았다. 결국 마지막 남은 녀석한테 이정이 다리를 맞아 졌지만 그런 건 하나도 중요하지 않았다. 다리를 절룩거리는 이정을 체육관 구석 의자에 앉히고 말했었다. 미안해.

"그래 맞아. 차례 기다리면서 너네는 뭐 하나 쳐다보고 있는데 선생님이 남, 여 짝을 지으라 말하더라고. 애들 소리 지르고 킥킥거리고. 아이들이 서로 짝을 짓는데 몇 명 안 남은 애들 중에 하루가 있었어. 속으로는 우리 하루 저러다 짝피구도 못 해보겠네. 생각하고 있었지."

"이정이랑…."

"응. 하루가 이정이를 힐긋 보더니 체육복 소매 끝을 잡고 이미 짝을 지은 아이들 무리로 가더라고. 그럴만하다고 생각했어. 내가 알기로 하루 친하게 지내는 여자애들도 없고 친하게 지내기는커녕 말도 안 해본 여자애들이 수두룩할 거고 그나마 이정인 같은 모임을 하니 그중 나았겠지."

"슬아."

"잠깐만 하루야. 나 얘기 아직 안 끝났어."

하루는 슬이 무슨 이야기를 하려는 지 알 수 없다. 사귀고 있던 이정이와 짝이 된 것이 당연한 건데 왜 그걸 남아 있는 여자애들 중에 그나마 나았다고 표현을 하는지. 하루는 입을 꾹 다문다.

얼마나 더 이런 슬을 참아야 할까. 아니, 참을 수 있다. 지금까지도 참아왔다. 더 한 것도 참아왔는데 이까짓 말장난이야.

"내 차례가 끝나고 앉아서 너희들 피구하는 거 구경했어. 짝피구가 그런 거잖아. 뒤에 한 명이 맞으면 죽는 거라 앞사람이 다 맞아주고 보호해주는 거. 재밌겠다는 생각에 한편으로는 부러운 마음으로 보는데 그때 뭔가 좀 다르다고 느꼈어. 너 그때 한 손으로 이정이 팔목을 잡고 그 애를 뒤에 숨기고 했었어. 맞지?"

슬이 하루를 본다. 하루는 대답하기도 지겹다 느낀다. 팔목이 아니라 손이라고 얘기하려다 그런 것까지 수정해주는 게 의미 없다 생각한다.

"맞겠지. 맞을 거야. 그게 중요해?"

"응. 중요해 무척."

그 자리에 없었던 유미는 건성으로 이야기를 듣다가 중요하단 말에 상체를 앞으로 하며 집중한다.

"살이 맞닿게 손을 잡거나 팔목을 잡은 게 아니라 넌 이정이가 걷어 올린 체육복 소매를 다시 내린 다음 그 위를 잡았어. 기억나?"

"그래…. 네가 봤다면 맞겠지…."

하루는 거의 포기한 듯한 말투이다.

"그리고 넌 그 팔목을 놓지 않고 애들이 던지는 공을 다 맞았어. 이정을 맞히려는 공을 쳐 내면서. 끝까지 이정일 뒤에 숨겼어. 결국, 마지막 두 팀이 남았을 때 이정이 다리를 맞고 졌어."

하루가 피곤한 듯 마른세수를 한다.

"그때 봤어. 사랑을 막 시작하려는 여자의 얼굴을. 빨갛게 상기된 얼굴. 떨리고 혼란스러운 눈빛."

하루가 벌떡 일어나더니 슬의 팔목을 거칠게 잡아끌고 객차 밖으로 나간다.

"내가! 내가 널 얼마나 더 참아야 해? 사랑을 시작해? 하는 중이었다고 네가 말하는 그 사랑. 이정이한테 해야 할 고백을 내가 왜 너한테 하고 있어야 하는데? 너도 알고 있었잖아. 고1 때 나랑 그 애 만난 이후부터 우리 쭉 사귀었던 거. 그런데 시작하려는 얼굴을 봤어 너는? 사랑에 이미 빠진 얼굴이 아니라? 왜 그때가 시작이라고 너는 말하고 싶은데."

"사랑에 빠져? 누가? 네가? 아니면 걔가?"

슬은 무섭게 자신을 노려보며 소리 지르는 하루를 보며 눈 한 번 깜빡이지 않고 말한다. 하루는 그런 슬의 어깨를 세게 잡고 흔든다.

"언제까지 거짓말을 할 거야? 대체 언제까지 내가 참아줘야 해? 오늘 밤은. 오늘 밤만은 솔직해져야 하는 거 아니야? 거짓말을 하면 달라져? 내가 널 사랑하는 게 돼?"

밖에서 들려오는 고함 소리에 객차 안 사람들은 무슨 일인가 문 쪽을 쳐다보고 유미가 그들이 있는 곳으로 간다. 자동문을 열고 나오는 유미를 보자 하루는 슬을 놔준다. 슬이 기둥을 따라 스르르 주저앉는다.

"들어가. 아직 얘기 안 끝났어."

하루의 핏발 선 눈을 보고 유미는 아무 말도 못 한 채 주저앉아 멍하니 있는 슬을 보다가 들어간다. 문이 닫히는 걸 보고 하루는 슬 앞에 쪼그려 앉는다. 슬의 긴 머리카락이 헝클어져 있고 놀란 듯 파르르 떨고 있었다.

"나 이게 한계야. 여자 때리는 건 개쓰레기라고 생각하며 살았는데 너 여기서 더 하면 나 개쓰레기 될지도 몰라. 네 말대로 마지막 밤이야. 오늘 밤 우리가 해야 할 이야기들을 하지 않는다면 앞으로 평생 기회는 없어. 넌 계속 거짓말을 하게 될 거고. 그러니 제발…"

"내가 거짓말을 하고 있는 거라면 넌 지금까지 뭘 했는데? 날 참아줘? 네가? 내가 널 참은 거라고는 생각 안 해 봤니? 껍데기 같은 널 지금까지 내가."

슬의 말이 끝나기도 전 하루가 한숨을 쉬며 일어난다. 그리고 내려다보며 말한다.

“정말…. 지겹다….”

그 말에 슬의 눈에서 참았던 눈물이 떨어진다. 그리고 울먹이며 말한다.

“이정이는 그때부터 널 좋아했어. 그전까진 아니었는데, 널 바라보는 눈빛이 그저 동경이었는데, 우릴 보는 그 눈빛이 그저 부러움이었는데 그때부터는 아니었다고. 네가 그 애를 그렇게 보호해 준 그 체육 시간 이후부터 그 애의 마음은 변했어 사랑으로…. 널 친구가 아닌 여자의 눈빛으로 봤고 너와 날, 그러니까 우릴 보는 눈빛은 질투로 바뀌었다고….”

하루는 그런 슬을 보며 다시 깊은 한숨을 쉰다.

도대체 왜 이렇게 되었을까.

예쁜 데다가 영리하고 당당해 여자애들에게도 동경의 대상이었던 슬이었다. 그때 한 남자가 그들 쪽으로 향했다. 화장실을 가려는 눈치인데 심상치 않은 분위기를 풍기는 두 사람 앞에서 남자가 쭈뼛거렸다.

하루는 슬을 일으켜 세운 뒤 한숨을 한 번 쉬고 안으로 데리고 들어간다. 슬을 앉히고 그 옆에 앉는데 하루가 갑자기 머리를 감싸 쥐며 상체를 숙인다. 이 지랄 맞은 두통…. 코끝이 빨개진 슬은 그런 하루를 걱정스레 보고 유미는 그런 둘을 보다가 맥주만 홀짝인다.

"또 머리 아파?"

그 질문에 하루는 피식 웃음이 난다.

"오늘 약 얼마나 몇 개나 먹었어?"

관자놀이를 누르며 하루가 슬을 본다.

"넌 내가 그렇게 좋아?"

"응?"

"쫌 전에 내가 너한테 어떻게 했는데. 그런데도 아프냐고 묻고 싶어?"

하루는 흥분이 가라앉았는지 목소리가 보통 때로 돌아왔다. 여자를 거칠게 대하는 건 남자가 할 행동이 아니라고 늘 생각해왔는데 오늘 그런 행동을 했다 생각한다. 슬의 잘못에 비하면 그 정도는 아무것도 아니라고 생각하지만 그렇다고 자신의 행동이 잘한 게 아니라는 것쯤은 안다.

슬이 이러는 이유는 단 하나. 하루를 죽도록 좋아한다는 것.

그게 결국 그 사달을 내고 오늘에 이르렀다.

"그게 정슬이지."

그 말에 유미가 대신 대답하며 자신이 마시던 맥주캔을 슬에게 건네준다. 슬은 맥주를 한 모금 마시고 좀 진정된 듯 느릿느릿 말을 하기 시작한다.

"하루가 날 벌레 보듯 보는 거 하루 이틀도 아니고. 오늘은 다른 날보다 좀 강도가 셌을 뿐이야. 정말 한 대 맞는 줄 알았거든."

슬의 입에서 드디어 진짜가 나오기 시작했다. 이제는 한결 더 쉬워졌다.

"때릴 생각 없었어. 그리고 한계를 넘어서도 결국 널 때리진 못했을 거야. 나는 슬아. 너 정말 멋있다고 생각했었어."

그 말에 슬이 하루를 본다. 슬도 하루가 진짜 이야기를 시작한 것을 알아챘다고 하루는 느낀다.

"예쁘고 당당하고 솔직하고. 나 네가 고백받는 걸 우연히 본 적 있어."

"그랬을 수 있겠다. 학기 초에 좀 있었으니."

슬이 웃으며 편하게 대꾸한다.

"나도 소문으로만 듣다가 본 건 처음이었어. 학교 소각장에 쓰레기 버리러 갔다가 봤어."

그 말에 슬이 얼굴이 조금 굳어졌다. 유미 역시 하루의 말에 놀란 듯 입을 벌리고 하루를 봤다가 슬을 보며 본인이 더 어쩔 줄 몰라 한다.

"소각장에서 봤다고? 내가 고백받는걸? 봤다고 지금 말한 거지?"

슬의 목소리가 조금 떨려온다.

“응. 분위기도 멋도 모르는 놈이라 생각했지. 저런 칙칙하고 쓰레기 냄새가 나는 곳에서 여자한테 고백이라니. 게다가 전국구 정슬한테.”

“정확히…. 말해줘 하루야.”

슬은 뭔가 확인하고 싶은 말투라는 걸 알았지만, 하루는 기꺼이 말해줄 것이다. 슬과 자신의 관계가 슬에게 떠밀려 여기까지 온 것이란 걸 슬이 제 입으로 실토한 셈이고 어긋났던 관계를 바로잡을 조짐이 보였기 때문이다.

하루와 슬은 둘 다 서로를 속이고 속는 척했던 관계를 끝낸 셈이다. 지금 막.

“봄이 시작되고 이제 좀 따뜻하다, 할 무렵이었어. 수업 끝나고 보충 전까지 쉬는 시간이 좀 길잖아. 쓰레기 버리러 소각장에 갔는데 네가 키 큰 남자애랑 같이 있더라. 아는 척할까 하다가 분위기가 좀 그래서 얘기 끝날 때까지 좀 떨어져서 기다리고 있었어.”

그 말에 유미가 조심스레 묻는다.

“그 남자…. 기억 안 나?”

“글쎄? 얼굴을 봤다면 누군지 알았겠지만, 뒷모습만 봐서. 그런데 보통 뒷모습만 봐도 자기가 아는 사람이면 알잖아. 그런데 몰랐던 걸 보니 아예 모르는 놈이었나 봐.”

유미가 무슨 말을 하려 하자 슬이 고개를 젓는다.

"그리고?"

"오랫동안 생각해온 것 같았어 그 녀석은. 그런 느낌이 들었거든. 그 느낌이 왜, 어디서 들었냐는 건 나도 설명할 수 없어. 그건 정말 그냥 그 순간 오는 느낌이니까. 엿듣고 싶은 건 아니었는데 이상하게 그런 순간에는 주변의 모든 소음은 음소거되고 오로지 두 사람의 얘기만 들리잖아. 두 사람은 그렇게 잠시 서 있었어. 그 녀석이 사귀자, 라고 말했어. 주머니에 손을 넣고 있었지 아마? 슬인 팔짱 끼고 있었어."

하루가 슬에게 묻자 슬은 맞는다는 듯 고개를 끄덕인다. 하루는 슬의 희미한 미소는 봤지만 쓸쓸한 옆얼굴은 보지 못했다.

"그 녀석 얼굴은 못 봤지만 슬이 네 얼굴은 봤어. 고백에 당황하지도 수줍어하지도 않은 그 얼굴. 설마 허락일까, 아니면 또 '꺼져'일까? 숨어서 보는 나조차도 괜히 떨려오더라고. 그런데 슬의 표정으로 봐선 '꺼져'였어. 적어도 내가 드라마나 영화에서 본 그런 얼굴은 아니었거든. 그리고 슬이 대답에 나 웃음 참느라 힘들었잖아."

슬이 그때를 생각하며 했던 대답을 말한다.

"난 너 별로인데."

"맞아. 거기다 '너 내가 그저 그렇게 생각하는 스타일인데'라고 덧붙였어. 그때 내가 생각한 건 고백받을 때 꺼져 한마디만 한 건 아닌가 보다. 솔직히 같은 학교니까 계속 얼굴 볼 텐데 운 나쁘면 다음 해에 같은 반이 될 수도 있고. 그거 생각하면 좀 좋게 돌려서 말할 수도 있는 걸 얘는 그냥 돌직구. 오히려 너무 솔직해서 순수해 보였어. 사귀는 것도 아니면서 여지를 주는 것도 아니고 좋은 이미지로 남고 싶다도 아닌 그래서 역시 정슬이다, 생각했거든. 그런데 그 녀석도 보통은 아니더라. 당황하지도 않고 그 자리를 벗어나지도 않고 계속 주머니에 손은 넣은 채로 여유롭게 말했어."

하루가 슬을 보며 말한다.

"'잘해줄게'라고."

슬이 그 말을 이어간다.

"뭐 이런 놈이 있나 했지. 정말 표정 하나 안 변하고 나한테 잘해주겠다 하더라. 그런데 그 눈빛이 좋았어. 솔직하고 빛나고 있었거든. 요즘 보기 드문 소년의 눈빛이었지."

다시 하루가 이어받는다.

"슬이 어처구니없다는 듯 말했어. '넌 내 스타일도 아닌데다가 센스도 없어. 고백을 무슨 이런 쓰레기 잔뜩 쌓인 곳에서 하는지…. 고백하기 전에 인터넷 검색이라도 하고 와'라며 혀를 찼지. 그리고 이 순간이 매우 지루함을 일부러 드러내고 있었어. 그런데 그 남자애가 그 옆을 고갯짓으로 가리키더라.”

슬이 그때 생각이 난다는 듯 아련하게 말한다.

“재활용 창고 옆…. 나무….”

“벚꽃이 한창 피어 있었어. 그 녀석은 나름대로 장소를 고른 거였어. 그 나무를 보자 슬이 팔짱을 풀었어. 너 그 벚꽃 나무에 마음이 풀린 거 맞지?”

슬과의 관계가 정리되었다는 생각에 하루는 큰 산을 오르는 데 걸리적거리는 큰 돌 하나를 치운 기분이다. 이제는 천천히 포기하지 않고 오르기만 하면 된다. 하루의 물음에 슬이 고개를 젓는다. 유미도 그건 궁금하다는 듯 슬을 본다.

“아니…. 아까도 말했듯이 그 눈빛이 좋았어. 얘가 나 싫다고 하면 관두지 뭐, 아 창피해, 이런 눈빛이 아니라 그래도 여전히 좋아하고 그 고백이 부끄럽지 않다는 그런 눈빛. 난 그 눈빛을 본 거야. 날 좋아하는 게 자신 있어 보였어. 종잇장처럼 얇디얇은 그런 마음이 아니라 나무처럼 튼튼하고 굳건한. 그런 여유. 계속 좋아해 줄 것 같은 그런 믿음이 생겼어.”

“그런 건 역시 여자의 감인가. 그리고 걔랑 사귀었었지?”

그 말에 슬이 고개를 끄덕인다.

"그런데 전혀 누구인지 기억이 안 나네."

하루는 고개를 갸웃거리고 유미는 한숨을 쉬며 새 맥주캔을 딴다. 슬은 그날에 대해 생각하는지 눈빛이 아련해진다.

"언젠가 연습장에 나의 이상형에 대해 적어본 적이 있었어. 키는 크지만 마르지 않았으면 좋겠고 구릿빛 피부에 스포츠머리를 하고 전형적인 운동부 타입이지만 머리가 좋아 성적도 뒤떨어지지 않는 그런 스타일."

그 말에 하루가 피식 웃는다.

"나랑은 전혀 먼 타입이네."

"응. 손이 크고 우락부락하지만 그 손으로 쓴 글씨는 정갈했으면 좋겠고 좀 둔한 면이 있어서 여자에 대해서는 눈치 없게 구는 남자. 그래서 여자들만이 갖고 있는 특성에 대해 신기해하고 귀여워하는 그런 남자. 쓰다 보니 연습장을 세 장도 넘게 썼어. 그리고 얼마나 빠져들었는지 수업시간 내내 쓰고 종이 쳐서 깜짝 놀랐었지."

"고백해서 사귄 그 애가 이상형에 가까웠어?"

하루도 유미에게 새 캔을 받아 따서 한 모금 마신다. 마음이 편해져서인지 두통이 좀 나아진 듯해 컨디션이 되살아나는 느낌이다. 슬은 고개를 젓는다.

"전혀. 네가 기억하는 대로 내 스타일이 아니라 말했었으니까."

"그런데도 사귀었어?"

하루가 의외라는 듯 슬을 본다. 슬이 잠시 말을 하지 않다가 하루를 본다.

순간 하루의 심장이 두근거렸다. 어떤 부류의 두근거림인지는 몰라도 어쨌든 그랬다.

"왜 그렇게 봐?"

"가끔 하루를 보면 정말 아무것도 모르는 어린애 같다는 생각이 들어."

하루가 슬의 눈길을 피하며

"열아홉, 아니 이제 스물이 되어 가는 사나이한테는 모욕적인 말이야 그거."

"연습장에 빼곡하게 내 이상형을 적어놨는데, 그런 남자 아니면 만나지 않겠다고 다짐을 해가며 적었는데…. 그날 그 소각장에서 그 애의 고백을 듣고선 까맣게 잊어버렸어. 내가 이상형이라는 게 있었는지…. 이상형이라는 건 비현실적이야. 그런 사람을 만나지 못해서 비현실적이라는 게 아니라, 머리로, 이성으로 생각한 거니까 비현실적이라는 거지. 실상 우리 마음은 머리로 되는 게 아니잖아."

하루가 무슨 말인지 알겠다는 듯 고개를 천천히 끄덕인다.

"그렇지…. 마음은 머리로 되는 게 아니지. 너무 쉬운 말.

누구나 알고 있는 말인데 아무도 할 수 없는 일….”

“머리로 생각하는 거였으면 난 그 애를 보자마자 내가 적어놓은 이상형과 하나씩 매치시켰을 거야. 그런데 그럴 수가 없었어. 그때 이미 난 비현실의 세계에서 현실의 세계로 넘어왔으니까. 마음이 두근거렸거든. 파르르 떨려왔어. 분명 난 그런 스타일 별로인데, 내 이상형이랑은 전혀 다른데도 말이야. 그렇게 시작되는 것 같아. 정말 머리는 하나도 힘을 쓰지 못한 채 오로지 마음의 힘으로. 그 힘이라는 게 그런데 의지도 없어서 정말 제멋대로. 체스판의 말처럼 그냥 내 마음을 누군가가 조종해.”

하루와 유미는 담담히 이야기하는 슬을 본다. 하루는 지금까지와는 다른 눈빛으로 슬을 본다.

“게다가 너무나 사소해. 사소한 그 무언가에 풍덩, 하고 뛰어드는 것 같아. 그 남자애가 뭘 가졌는지, 무슨 패를 감추었는지는 하나도 보지도 않고, 보이지도 않지 그냥 눈빛 하나에. 생각해보면 그 눈빛이 뭐라고. 원래 그 애는 그런 눈빛을 가진 건데 그게 마치 오로지 나를 위한 것처럼 그 순간 내가 느끼는 거잖아. 내 맘대로. 나 좋을 대로…. 사실은 눈빛도 핑계일지 몰라. 내가 그 애가 왜 좋았는지 설명이 되지 않으니 어떻게든 설명하려 들려 하니까 눈빛 얘기가 나온 건지도…. 그런데 나 제대로 말하고 있는 거야? 이런 얘기는 하는 사람도 듣는 사람도 횡설수설인 것 같아."

슬이 멋쩍은 듯 머리를 넘기며 웃는다. 하루가 팔걸이에 팔을 올리고 턱을 괴고 듣고 있다가 편안한 웃음을 짓는다.

"왜 그렇게 봐?"

슬은 아까 하루가 했던 말을 한다.

"이제야 내가 알던 정슬이란 생각이 들어서. 나 순간 떨렸잖아."

그 말에 슬이 웃는다. 그리고 차창 밖을 보며 감회가 새롭다는 듯 말한다.

"기차 여행이다…."

그러더니 슬이 무언가 생각났다는 듯 눈을 반짝인다.

"갑자기 생각난 건데 『삼월은 붉은 구렁을』에서 말이야."

"온다 리쿠?"

"응. 여자 둘이 야간 기차 타고 어디로 가잖아. 한 사람에게 단 하룻밤만 빌려준다는 그 수수께끼 책의 저자를 찾아서…."

그 말에 하루가 생각하는 듯 눈을 가늘게 뜨다가 맞장구친다.

"기억난다. 언젠가 여기 나온 책에서처럼 기차 여행을 해보고 싶다고 했었잖아. 난 그 작가 천상 이야기꾼이란 생각

많이 했어. 하룻밤에 풀어낼 이야기가 뭐 그렇게 복잡하고 많은지 그러면서도 몰입을 떨어뜨리지 않잖아."

유미도 끄덕거린다.

"난 음식들. 그 작가 책에 나온 음식들을 보면 하나같이 맛깔나거나 정갈해 보여. 그 책에서도 밤새워 먹으면서 가잖아. 그뿐만 아니라 변호사랑 검사 남매가 사진 한 장 가지고 추리하면서도 계속 먹는 그 단편에서도 음식에 대해서 꽤 공을 들이는구나 생각했지. 대단한 미식가인가 봐."

"맞아. 책 읽다 보면 거기에 가고 싶어져. 그 인물들이 실제 있을 것 같아서. 그리고 그 소설 속의 일본을 거닐어 보고 싶어. 급수탑 편에 나오는 것처럼…. 작가가 부동산에서 일을 했다든가 그런 걸 본 적 있는 것 같은데. 그래서 그렇게 골목까지도 속속들이 잘 아나 싶고. 아! 어쨌든 그래서 내가 찾아봤었잖아. 이즈모로 가는 침대 열차를."

그 말에 하루가 곰곰이 생각하다가 피식 웃는다.

"역시 사람 생각은 거기서 거기인가 봐. 나도 찾아봤었어."

슬이 좀 놀라서 하루를 본다.

"너도?"

"응. 어떻게 검색할지 몰라서 이런저런 말 넣어서 검색하다 보니까 침대 특급 이즈모가 나오더라. 그게 1972년에 급행 이즈모가 침대 특급으로 승격되고 2006년에 폐지됐더라고. 근데 중요한 건, 폐지 직전까지 이 열차의 사진을 찍기 위해 많은 사람들이 몰려들었다는 거야."

"왜?"

유미가 묻자 슬이 답한다.

"이즈모가 DD51 디젤기관차의 오리지널 도색이 견인하는 유일한 침대 특급이었기 때문이지. 기관차 도색에 집착하고 열광하는 철도 동호인들이 있더라."

슬의 대답에 이번에는 하루가 놀란다. 그 얼굴을 보자 슬이 씁쓸하게 미소 짓는다.

"넌 여자애가 별걸 다 안다. 어쨌든 소설 속에 나오는 그 이즈모로 가는 침대 특급은 더 이상 없는 거지. 그런데 그 책에 나오는 기차가 침대 특급은 맞아?"

슬은 모르겠다는 제스처로 어깨를 으쓱한다. 아무려면 어떠냐.

"그 작가 노스탤지어의 마법사라고 하잖아. 소개할 때 노스탤지어의 전령이라고도 하고. 노스탤지어의 바다에 빠지게 된다. 뭐 이런 거…. 난 지금도 이해가 안 가. 그 작가 앞에 왜 노스탤지어란 수식이 붙지?"

하루가 던진 물음에 슬이 대답한다.

"글쎄. 노스탤지어에 대한 느낌이 다르기 때문 아닐까? 난 어렴풋이 알겠는데. 노스탤지어 뜻을 흔히 향수라고 알고 있잖아. 음…. 어떤 책들은 인생의 어느 한 시기에 대한 그리움을 자극한다 생각했어. 여름날 가로수가 우거진 한적한 도로…. 어느 집 앞 담장에 걸쳐진 장미 넝쿨…. 창문 밖에서 불어오던 잔잔한 바람…. 그 아래에서 머리를 쓸어 넘기며 책을 읽었던 오후…. 제대로 설명은 못 하겠는데 아주 일상적이고 사소했던 순간에 대한 그리움이라고나 할까? 일본 애니에 나오는 그런 그림체로 말이야. 아련하고 서정적인 것들도 있어. 그래서 그 여자 소설 읽다 보면 뭔가 그리움이 생기긴 해."

하루가 슬의 말을 듣고 머리를 긁적이며 말한다.

"읽은 책이 달라 그런가. 난 보이지 않는, 알 수 없는 것에 대한 동경이나 그리움이 아닐까 생각했어. 노스탤지어를 그리움이라고 의미를 해석한다면 말이야. 우리가 일반적으로 생각하는 그리움은 아닐 거야. 만약 어떤 한 세계를 위가 뚫린 유리 구슬 안에 집어넣었다고 가정해봐."

"어항 같은 거?"

슬이 말하자 하루가 웃는다.

"응 맞아. 그 안에 한 세계를 집어넣었어. 그리고는 흙탕물을 가득 집어넣은 거야. 그러면 그 구슬 안의 세계는 보이지 않겠지. 난 그런 세계에 대한 열망이나 그리움이라 생각했어. 그 세계는 이름 붙이기 나름이야. 지나간 시절이 될 수도 있고, 다가올 미래가 될 수도 있고, 잃어버린 기억의 한 조각일 수도 있고. 흙탕물의 흙이 가라앉으면 그 세계가 드러나겠지. 온다 리쿠의 책을 읽으면 그런 생각이 들어. 알고 싶은데 도저히 알 수가 없어. 내가 알고 싶은 게 뭔지도 모르겠고. 그래서 끝까지 읽어 우선. 내 머릿속으로 생각하기보다는 책을 끝 페이지를 읽을 때까지 기다리는 거야. 흙이 가라앉을 때를 기다리는 것처럼. 주로 이 작가는 미스터리를 그 구슬 안에 넣는 것 같지만 말이야."

그 말을 듣고 있던 유미가 하루를 전에 없던 진지한 눈빛으로 본다.

"네 구슬에는 뭐가 들어있어? 흙이 가라앉았을 때 나오는 그 세계가 뭔지 네 구슬을 본 적 있어?"

"뭐야. 이런 질문을 뭐 이렇게 진지하게 날리냐 넌?"

하루는 당황했지만 웃으며 받아친다.

"글쎄. 아까 말했듯이 알고 싶은 게 뭔지 모르니까 뭐가 드러날지 모르겠다만. 적어도 추한 그 무언가는 아니었으면 좋겠네. 내가 모르는 나의 세계를 마주 볼 수는 있었으면 좋겠어. 정면으로 당당하게."

유미가 고개를 끄덕이며 생각하는 표정이더니 이내 뿌듯한 얼굴이 된다.

"이러니 우리가 좀 독서 모임 회원들 같네. 하루가 했던 그 비유 좋았어. 구슬 속 세계.”

유미가 하이파이브를 청하자 하루가 경쾌하게 친다.

“미스터리….”

슬은 혼잣말을 하고 유미와 하루가 무슨 말인가 듣자 슬이 생각에서 깨어난 듯.

“미스터리 말이야. 원래 여행을 가는 날 밤에는 이야기돼야 하는 단골 소재들이 있잖아. 귀신이나 폐가, 오래된 학교가 나오는 무서운 얘기라든지 아님 심장이 짜릿해지는 야한 얘기라든지.”

그 말에 하루가 피식 웃는다.

“야한 얘기면 너희들 감당 안 될 텐데.”

슬이 하루를 팔꿈치로 아프지 않게 친다. 하루는 그 느낌이 매우 익숙하다.

슬의 손을 잡고 안고, 키스할 때보다 친숙하고 익숙한 이 느낌.

그 느낌이 익숙한 이유는 조금 전 때문이었다. 심장이 두근거렸던 그 느낌이 지금도 든다.

뭐지. 혼란스러운 이 감정, 이 느낌.

– 세 번째 역 –

아무도 살지 않는 집

“무슨 생각해? 99계단 올라가 봤냐니까?”

슬의 목소리가 들리자 하루가 깨어난다.

“어? 어, 뭐? 무슨 계단?”

그 질문에 유미가 답한다.

“99계단.”

“계단?”

하루는 빠르게 학교 내의 계단을 생각한다.

“분리수거장 뒤쪽에 있는 그 긴 계단? 위에 다 쓰러져가는 집 하나 있는 거기 말하는 거야? 그건 학교 건물 아니지?”

“맞아. 학교 건물 아니야.”

하루가 목 뒷덜미를 손으로 긁으며 말한다.

“하긴. 그 계단은 학교 담을 경계로 뒷산까지 연결되는 거니까 그 담 이전까진 학교 계단이고 그 이후는 뒷산 계단이라 할 수 있지 엄연히 따져서. 그런데 그게 왜?”

“하루 너 몰라?”

슬이 그것도 모르냐는 듯, 정말 모르냐는 듯 하루를 본다.

“어떻게 그걸 모를 수 있어? 전교생이 다 아는데.”

하루는 어깨를 으쓱한다.

"뭘?"

하루는 다시 그 99계단에 대한 기억을 떠올려 본다. 남자애들끼리는 그런 계단 따위에 대해서는 이야기하지 않는다는 것을 여자들은 모른다는 것은 말하지 않은 채 하루가 묻는다.

"대체 그게 뭔데? 중요한 의미라도 있는 거야? 그런 거라면 모를 리가 없었을 텐데."

슬은 하루를 뭘 모른다는 듯 고개를 젓는다.

"귀는 막고 다닌 거야? 99계단. 내신이든 수능이든 과목별로 100점 만점이잖아. 그런데 저 계단이 딱 100개거든. 그런데 끝까지 올라가면 시험은 100점 맞지만 얼마 후에 죽게 된대. 그래서 다들 99개까지만 올라갔다 오는 거잖아."

하루는 진지하게 말하는 슬에게 실소를 터뜨린다.

"뭐 그런 말도 안 되는. 그런데 그걸 전교생이 다 안다고? 그런 시시한 얘기를?"

슬은 얘 좀 봐, 하는 눈빛으로 유미를 본다. 유미 역시 하루를 보며 말했다.

"우리 학교 급식소 아줌마들도 아는 얘기를 어떻게 하루 너는 모르고 있었지? 그게 더 미스터리다."

"학교라면 한 가지씩 가지고 있는 뭐 그런 얘기네. 초등

학교 때도 있었잖아. 밤 열두 시가 되면 학교 동상들이 다 살아난다, 또 뭐 있더라. 아. 아무도 없는 교실에서 칠판에 이름을 적으면 그 사람은 죽는다. 12시만 되면 만년 2등으로 자살한 여학생이 교실에 들어와 야자를 한다, 학교 끝나니 홍콩할매귀신이 기다리고 있는데 그걸 피하려면 가죽 허리띠를 하고 다녀라. 그런데 요즘도 그런 얘기가 있어?"

그 말에 슬이 웃는다.

"난 그것도 신기해. 다 다른 초등학교 다녔는데 들은 이야기는 똑같잖아. 난 이 99계단 얘기 누구한테 들었더라? 그게 누구인지 생각해보면 막상 기억이 안 나. 유미야 네가 해 준 얘기 아니야? 너네 언니 우리 학교 나왔잖아."

유미가 고개를 갸우뚱하더니 고개를 젓는다.

"우리 언니는 아니야. 왜냐하면, 내가 그 계단 얘기한 적 있는데 전혀 모르더라고."

슬은 이상하다는 듯 유미에게 다시 묻는다.

"이상하다. 그거 원래 옛날부터 우리 학교 전설 같은 그런 거 아니었어? 그런데 너네 언니가 모른다는 게 이상해. 우리보다 3년 선배면 그리 멀지도 않은데…."

하루가 깊이 생각할 것도 없다는 듯 말한다.

"그럼 우리가 입학한 다음에 생긴 건가 보지. 아니면 유미네 언니 졸업한 후에 생긴 얘기든가. 시시한 주제 가지고 오래도 얘기한다. 내가 들었던 학교 괴담 중에 제일 어이없어. 무섭지도 않고."

"개교 이래로 생긴 괴담인 줄 알았더니 완전 신상이었네. 역시 괴담은 시간을 거쳐 내려오면서 덧칠해지고 색이 바래야 더 음침하고 무서워지는 건데."

슬이 김빠진 얼굴로 맥주를 홀짝인다.

"그런데 왜 생겼을까? 그 99계단 괴담은."

"할 일 없는 누군가가 만들었겠지. 심심해서 뱉은 말인데 그게 쭉 퍼져 나간 거지. 비평준화 고등학교에 들어온 애들이라 공부 어느 정도는 하겠다, 그런 애들 모아놨으니 경쟁이며 시험에 대한 스트레스 장난 아닐 거고. 그 괴담은 둘 중 하나야. 시험 자체에 대한 스트레스로 제도권에 대한 반항 내지 경쟁자들에 대한 일종의 저주겠지."

슬과 하루의 말을 듣던 유미가 혼자 생각을 하다가 그것을 말한다.

"있잖아. 지금 생각이 나는 건데. 그 계단 위의 집 있지? 거기에서 누가 자살했다고 들은 적 있어. 대학 입시 실패한 고3이 졸업식 직전에 그랬단 말도 있고 왕따 당하던 애였단 말도 있고."

슬이 골똘히 생각하다가 유미를 본다.

"어. 나도. 나도 들은 적 있어 분명 그 비슷한 얘기. 그런데 그런 얘기가 드문 일이 아니니까. 잊을 만하면 뉴스에 나오고 해서 막상 우리 학교에서 그랬다는 건 까맣게 잊어버리고 있었어."

"그게 언제였는데? 우리 학교에서 그런 일 있었다는 거 난 처음 듣는데."

"하루 넌 어차피 아무것도 모르니까."

그 말에 하루는 남은 캔을 마신 뒤 그것을 손으로 납작하게 만들어 봉지에 넣는다.

"그런데 그 집 폐허는 아닌 것 같던데. 야자 할 때 불 켜져 있는 거 봤거든."

하루가 무심히 던진 말에 유미의 표정이 순식간에 달라진다. 서늘한 눈빛.

"그 집에…. 불이 켜져?"

"맥주 다 떨어졌다. 응. 켜져 있던데? 한 번이 아니라 꽤 여러 번이었던 것 같아. 저 집에 살면 불편하겠다, 생각했거든. 그 집에서 내려오려면 학교 계단 거쳐야 하고 또 학교 통과해야 번화가 쪽으로 나갈 수 있잖아."

"그 집에는 아무도 안 사는데…."

유미가 무심결에 한 말에 슬이 손으로 양팔을 문지른다.

"소름이 쫙 끼치네. 그 집에 아무도 안 사는데 왜 불이 켜져….”

슬이 무섭다는 듯 말한다.

“진짜 미스터리는 99계단이 아니라 그 집이었네.”

하루가 이제 좀 재미있어진다는 듯 흥미를 보인다.

“그런데 누가 사는지 살지 않는지는 정확히 모르는 거잖아. 워낙 떠도는 얘기들이 있으니까. 원래 살았을 수도 있는데 너희가 몰랐을 수도 있고.”

하루의 말에 유미가 고개를 젓는다.

“아니야 확실해. 그 집 소유주는 있는데 거기서 살지는 않으면서 집을 허물지도 않는다고. 뒷산 개발된다는 얘기 계속 돌고 있잖아. 그런데 그런 집에 불이 켜지다니. 대체 왜?”

하루가 일어나더니 유미를 툭 치며 웃는다.

“있지도 않은 미스터리 캐낼 생각하지 말고. 화장실 다녀올 건데 맥주 사 올까? 다른 건?”

“벌써 몇 캔을 마신 거야.”

슬은 자기들이 마신 캔의 개수를 머릿속으로 계산한다.

“이래서 맥주 아까워. 취하지도 않고, 화장실 한 번 다녀오면 금방 꺼지고.”

하루는 화장실에 들른 후 카페로 간다. 여전히 카페는 북적거린다. 작은 방 크기의 노래방에서는 방음이 안 되는지 노랫소리가 크게 들리고 바닥에는 술을 마시는 등산객들이 있다. 그 옆쪽으로는 산악자전거 몇 대가 있고 그 앞에는 그 자전거의 주인인 듯한 남자들이 서서 이야기를 나눈다.

맥주 봉지를 들고 세면대를 지나는데 눈앞에 긴 머리 여학생의 뒷모습이 보인다. 하루는 고개를 세차게 흔들다 어지러움을 느끼며 벽을 짚는다. 그 여학생은 주위를 둘러보며 조심스럽게 계단을 오른다. 그녀는 마지막 계단까지 오른 후 그 집의 문을 연다.

'나는 이 여자애를 알아….'

하루의 뇌 어딘가에서 그렇게 말하고 있다. 머리가 깨질 듯이 아픈 것을 느끼며 하루는 식은땀을 흘린다. 가슴이 답답하고 숨쉬기가 힘들어진다. 바닥에 굴러다니는 맥주캔들.

"왜 그래? 또 머리 아파?"

슬이 나오다가 놀라 하루에게 다가오자 하루가 그녀의 등을 감싸더니 안긴다. 하지만 그 모습은 하루가 슬보다 거의 20센티미터가 컸기 때문에 등을 구부려 슬을 안고 있는 것처럼 보인다.

"조금만…. 미안해…."

불과 한 시간 전쯤만 해도 키스를 나누던 그들이었다. 그런데 연극과도 같았던 그들의 관계는 단숨에 정리되었고 하루는 그것을 아주 잘 받아들였다. 오랫동안 이때를 기다려 왔기 때문에 언제든지 무대에서 내려올 준비가 된 배우처럼. 슬은 말없이 하루의 등을 토닥여준다. 하루는 슬의 토닥임에 서서히 괜찮아진다. 약을 꺼내 먹지 않아도 호흡이 정상으로 돌아오고 두통이 가시는 것 같다. 슬의 목덜미에 하루의 입술이 닿아 있다. 그리고 슬이 느끼기에 그 입술은 뜨겁다. 슬은 고개를 조금 돌려 그것이 불편하다는 것을 표현한다. 하루는 그런 슬을 좀 더 세게 안는다. 그리고선 슬을 떼어놓은 뒤 본다. 걱정스러운 슬의 얼굴.

하루는 그 얼굴을 빤히 본다. 마치 이런 것은 처음 본다는 얼굴로.

"날 볼 때 항상 그런 식으로 봐왔어?"

"응?"

"들어가자."

하루는 맥주캔을 주워 다시 봉지에 넣고 슬을 앞세워 안으로 들어간다.

하루는 그런 슬이 얼굴이 낯설면서도 익숙했다. 자리에 앉은 하루는 턱을 괴고 생각에 빠진다. 생각해보면 슬은 저런 얼굴이었던 것 같다. 확실하게 말할 수는 없지만.

슬을 제대로 본 적이나 있었을까 오늘을 제외하면.

늘 걱정하는 얼굴. 근심을 숨기고 있는 얼굴.

하루는 지금까지 슬을 가증스럽고 교활하다 여겼는데 지금 와서 저 얼굴이 익숙하다고 생각하니 혼란스럽다. 물론 낯설기도 했지만.

그 익숙함은 어디에서 오는 걸까.

"아! 나 여자애를 봤어. 미친 소리 같지만."

"무슨 여자애?"

유미가 새 맥주캔을 따며 묻는다. 슬은 뜨거운 커피를 사러 나갔던 참이라며 자리에 돌아와 하루를 앉힌 뒤 커피를 사러 다시 카페로 갔다.

"너네 얘기를 들어서 그런가. 아까 순간 눈앞에 그 계단을 올라가는 여자애가 보이더라. 긴 머리에 교복 입고. 귀신을 본 건가?"

말도 안 되는 소리를 늘어놓는다 싶어 민망했는지 하루가 맥주를 마신다.

"떠도는 괴담이라며 무시하더니. 무시한 게 아니라 무서웠던 거구만."

유미가 하루를 놀리듯 말하며 하루의 맥주캔에 자신의 것을 부딪친다.

"그런가 봐. 일종의 가위 같은 건가? 그 순간 숨이 턱 막히는 거 있지. 그리고 너무 생생해. 깜깜한 밤에 긴 머리의 여학생이 그 계단을 올라가. 뭔가 조심스러워. 들키지 않으려는 것 같은 그런 느낌? 그리고 그 집에 들어갔어."

하루는 자신이 본 것에 대해 마치 그것이 과거에 있었던 일을 회상하듯 말한다.

“상상력이 지나치게 풍부하시네요. 이하루 어린이.”

슬이 언제 들어왔는지 웃으며 하루의 옆에 앉는다. 하루가 멋쩍은 듯 웃는다.

“그런데 나 그 여자애를 꼭 알고 있단 느낌이 들었어.”

“환상처럼 보인 그 애를 안다고? 음….”

유미가 잠시 생각하는 듯하더니 휴대폰을 꺼내 손가락을 바삐 움직인다.

“뭐하는데?”

“검색. 정말 자살해서 죽은 애가 있는지. 기사가 분명히 났을 거야. 청소년 자살은 무조건 기사 나와.”

“그걸 왜 검색하는데?”

슬이 영문을 모르겠다는 듯 묻고 하루를 한 번 본다. 하루도 어깨를 으쓱한다.

“하루가 정말 그 죽은 애를 봤나 싶어서. 왜 그런 거 있잖아. 과학이나 논리로는 도저히 설명할 수 없는 거.”

유미가 검색하고 슬이 이해가 되지 않는다는 듯한 표정으로 말했다.

“네 입에서 이런 말이 나와? 원인과 결과, 타당한 근거, 명확한 논리, 부정할 수 없는 과학적 진실. 그런 것만 추구하던 정유미가? S대 의대 입학생이?”

유미는 손을 바쁘게 움직이며 답한다.

"그런 모든 걸 바꿔놓는 게 책이지."

슬은 수긍한다는 듯 고개를 끄덕이며 말했다.

"그런데 그건 하루가 그 애를 알고 있다는 전제하에 일어날 수 있는 일 아니야? 만약에 하루가 그 애를 알고 있었어."

그 말에 하루가 고개를 젓는다.

"절대 알 리가 없어. 아는 사람이라면 당연히 기억하겠지. 잊을 수도 없는 일이고. 그런데 나는 그 일도 지금 처음 들어보는데."

슬이 이번에는 고개를 젓는다.

"아니 그게 아니라. 네가 아는 사람은 아니야. 무슨 말이냐면 너랑 관계를 가지고 있는 사이는 아니라는 거지. 이름도 모르고 얼굴도 모르고."

"그게 대체 무슨 말이야?"

"예를 들면, 내가 지금처럼 기차에 탔어. 그런데 저기 앉은 저 애가 익숙해. 분명 아무리 생각해도 아는 사이는 아니야. 친구도 아니고 친구의 친구도 아니고. 말을 해봤다거나 뭔가 주고받은 작은 행동이 있다거나 한 것도 아니야. 그런데 익숙해. 기억이 나지 않다가 우리 집으로 올라가는 길에 그 애를 봐. 즉, 그 애는 우리 동네에 살았던 애야. 안다고 말할 수는 없지만 익숙한 느낌. 그리고 그 애가 어느 날 죽어서 신문에 난다면 알아보는 거지. 비록 스쳐 지나가긴 했지만, 그 스쳐 지나감이 여러 번 되면 익숙하잖아. 기차에서 알아본 것처럼."

하루가 이해가 된다는 듯 고개를 끄덕인다.

"그러니까 내가 죽은 그 애를 본 적이 있다는 거지? 그런데 아는 사람이 아니니 기억에 남을 리는 없고. 오늘 자살, 99계단 이야기를 듣고 무의식적으로 그 애를 떠올렸다는 거잖아. 슬이 네 말은."

"응. 내 추리로는 그래. 무의식이라는 게 그렇잖아. 내가 어떤 사실에 대해 알고 있다는 자각조차 하지 못하는 거. 그런 게 아닐까 싶어서. 그렇지 않고선 네가 그 애의 환영을 볼 리 없고."

정말 그런가, 하는 표정으로 하루는 그 애에 대해 생각을 한다. 같은 아파트에 사는 여자애인가, 일주일에 두세 번은 가던 시립체육관에서? 147 버스? 생각을 깬 건 유미의 말이었다.

"그런 애 없어."

"없다니?"

"우리가 입학하기 전에는 자살 사건이 전혀 없어. 사고사도 없고."

"확실해?"

그 말에 유미가 끄덕인다.

"그럼 하루가 봤다는 건 뭐야?"

슬이 하루를 보며 묻자, 하루는 멋쩍은 얼굴을 한다.

"멘탈이 좀 약해졌나…."

유미는 그럴 수도 있지, 라는 얼굴을 하고는 과자봉지를 뜯고 슬은 하루를 걱정스러운 듯 본다. 하루는 괜찮다는 말 대신 고개를 끄덕이며 슬을 보지만 그의 머릿속은 혼란스럽다.

분명 그렇게 느꼈다. 자신이 본 그 여자애를 알고 있다고.

혹시 무언가 중요한 것을 놓치고 있는 걸까. 정말 몸이 약해진 걸까. 그건 아니라며 하루는 고개를 젓는다.

"아니면…. 내가 정말 그 계단을 올라가는 여학생을 본 적이 있는 건 아닐까?"

그 말에 유미가 손가락에 묻은 과자 부스러기들을 입으로 빨며 하루를 본다. 슬이 에코백에서 물티슈를 꺼내 유미에게 건네주고 난 뒤,

"여자애를 직접 봤다고?"

"확신할 순 없지만, 굳이 이걸 설명하자면 이게 가장 논리적이라는 거야. 내가 그런 애를 본 적 있는데 기억을 못하다가 너네 얘기를 듣고 그 기억이 살아날 수도 있지 않을까 해서…."

"정말 봤어? 본 것 같아?"

하루가 곰곰이 생각한다.

"팩트만 얘기하자면 밤에 그 계단을 어느 여학생이 올라가고 있어. 교복에 머리는 길었어. 그리고 이제부터는 내 개인적인 생각이야. 난 야자 시간이었다고 생각했어. 왜 그런 거 있잖아. 꿈을 꾸더라도 상황 자체가 이미 다 설정된 거. 내가 어딘가를 달리는 꿈을 꾸고 있으면 난 처음 보는 곳이지만 이곳은 어디이고 뭐가 있으며 이런 걸 다 아는 것처럼. 그런 것처럼 그때가 야자시간이라 생각했어. 아니, 야자시간이었어."

하루는 여기까지 얘기하고 유미와 슬을 본다. 여느 때보다 진지하게 듣고 있다.

"그 여자애는 그 집으로 가고 있었어. 그 집은 불이 꺼져 있어 아직은. 하지만 난 알아. 거기로 들어갈 거고 불이 켜질 것이라는 걸. 계단을 오르는 여자애의 발걸음은 가볍고 경쾌해. 설레고 있다는 거야. 그러면서 한편으로는 불안해하고 긴장하고 있어. 주위를 계속 둘러보거든. 누군가 자기를 보지 않는지. 그리고 그 집의 문고리를 잡아. 거기까지야."

"지어낸 거 아니지?"

그 말에 하루가 피식 웃는다.

"글쎄…. 난 그냥 내가 본 거, 거기에 대한 내 느낌을 말했을 뿐이야. 그게 사실인지 아닌지는 나도 모르지. 정말 내가 그 애를 본 적이 있는지, 아니면 너희 얘기를 듣고 본 적이 있는 것처럼 생각하는 건지는 나도 몰라."

"어려워"

"맞아. 나도 내가 얘기하면서 무슨 말을 하는 건지 모르겠어."

셋은 이런 이야기를 진지하게 하는 자기들이 웃긴지 서로 깔깔거리며 웃는다. 이야기가 한 템포 끝나자 다시 각자의 일에 몰두한다. 유미는 휴대폰을 보고 하루는 맥주를 홀짝이고 있고 슬은 창밖을 본다. 남들이 보면 낄낄대며 신나게 이야기하다가 갑자기 침묵하고 각자의 일을 하는 것이 이상해 보일 수도 있지만, 이들에게는 익숙한 풍경이었다.

창밖에는 아직 눈이 소록소록 내리고 있다. 그것을 바라보는 슬. 그리고 그런 슬의 모습이 하루는 낯설지 않다. 아니, 무척이나 익숙하다. 독서 모임 할 때도 눈이 온 적 있었던가. 눈이 오는 풍경을 바라보는 슬을 바라본 적 있었던가. 있었을 것이다. 그들의 관계나 슬을 대하는 마음이 어떻든 고등학교 시절을 내내 같이 보낸 것만은 부정할 수 없는 사실이니까. 슬은 눈이 내리는 걸 보다가 흘깃 미소 짓는다. 하루가 그것을 놓치지 않고.

"무슨 생각해?"

"하루야 너…. 아니다."

"무슨 말을 하다 말아. 뒤에 '아니다'라고 하는 건 한 번 더 물어봐 달라고 하는 거 아니야? 여자들 꼭 그러더라. 뭔데?"

하루가 궁금해하자 말했다.

"내가 지금 이런 기분을 나누고 싶은데…."

"말해봐. 좋은 거면 나누자."

하루가 팔짱을 끼며 들을 준비가 되었다는 듯 말한다.

"이런 날, 이런 밤 어울리는 시가 생각나서. 이렇게 눈이 내리는 날. 사실 아까 전부터 한 생각은 아니고 뭔가 감정이 가라앉았다고 해야 하나? 기분이 가라앉은 건 아니고. 무슨 이유건, 들뜬던 마음이 좀 차분해지니까 말이야."

슬의 말이 길어진다.

"혹시…. 백석?"

하루의 말에 슬의 눈이 놀라서 커다래진다.

"너…."

"내가 생각하는 게 맞는다면 그 시밖에 없어. 이런 날, 이런 밤 어울리는 시라면."

그 말에 슬의 눈에 눈물이 고이는 것 같다고 하루는 생각한다. 하지만 슬이 눈을 깜빡거리자 하루는 자신이 잘못 봤나 고개를 갸우뚱한다. 그러면서 슬의 눈이 지금 기차 밖 풍경으로 내리는 눈 너머 아득하지만 반짝거리는 별 같다 생각한다. 유치한 놈. 기껏 여자 눈을 보고 드는 생각이 별 같다니. 진부하고 상투적이라 스스로 생각한다.

"하루야. 그 시 아직 외우고 있어?"

"아마도."

"그러면…."

"읊어달라고는 하지 마."

미리 으름장을 놓았지만, 왠지 슬의 얼굴이 슬퍼 보인다는 말도 안 되는 감상적 생각으로 하루는 한숨을 쉰다. 이걸 꼭 해야 하나, 라는 의미지만 해야겠다는 얼굴로.

"도대체 넌. 내가 정말 기차에서 꼭 이걸. 그래. 대신 좀 가까이."

슬의 얼굴이 환해지더니 하루에게 가까이 왔다. 그 순간 하루는 두근거린다. 그 느낌에 당황하고. 다른 여자도 아니고 슬이야. 이 녀석만큼은 안 된다는 걸 알면서.

슬이 어떤 애인데. 이정이를, 이정이를….

"얼른!"

슬의 재촉에 하루가 정신을 차린 듯. 흠, 흠 한 뒤 슬을 슬쩍 보고는 그녀에게만 들리게 시를 읊는다. 유미가 그 모습을 보고 혀를 끌끌 차며 고개를 젓는다.

"어후. 나 자리 옮기고 싶은데 아니면 다음 역에서 내리든가. 그래도 뭐 여전히 좋다. 나한테 들리지는 않지만, 네 목소리로 그 시를 읊는다 상상해보면. 그 시는 소리 내어 읽을수록 좋은 거니까. 이런 말도 안 되는 짓을 할 때마다 우리가 독서 모임이었다는 걸 번뜩 깨닫게 돼."

"아후! 내 손발이 다 오그라들 것 같네."

하루가 쑥스러운 듯 답지 않게 호들갑을 떨며 양손으로 팔을 부벼댄다. 그리고 슬을 슬쩍 본다. 슬은 하루를 향해 미소 짓는다.

그 순간 시간이 정지된 것처럼 환한 빛이 슬을 비추는 것 같다. 영화에서 플래시백이 되는 것처럼. **부드러운 머리카락, 눈동자에 닿았던 따스한 빛. 그리고 키스…**. 슬은 다시 창밖을 보고. 하루는 그 순간 가벼운 두통을 느끼고 관자놀이를 손가락으로 꾹 누른다. 창에 비친 하루의 모습에 슬이 돌아보고.

"머리 아파?"

"조금. 안 하던 짓을 하면 죽을 수도 있단 생각이 순간 들었었어."

그 말에 슬이 피식 웃고 다시 하루가 따라 웃는다. 슬은 다시 창밖을 보고. 하루는 그런 슬을 바라본다. 하루는 조금 전 일을 다시 곱씹는다. 답지 않은 행동을 했다 생각하며. 그것도 슬한테.

그런데 이런 공기의 흐름과 무게, 지금의 이 상황이 낯설지 않다. 누군가에게 시를 읽어준 적이 혹은 읊어준 적이 있었나를 곰곰이 생각하는데. 그런 사람이 만약 있다면 이정이었을 것이다. 이정이가 좋아하던 시가 뭐였더라…. 그러다 하루는 멈칫한다. 지금 이 상황에서 만약 있다면, 이란 말은 통하지 않는다. 이런 오글거리는 짓을 한 것이 기억나지 않을 리 없는데. 해 놓고 집에 와 이불을 뒤집어쓰고 후회를 하며 잠들었을 텐데. 지금 읊은 이 시를 자신이 어떻게 알고 있는지를 도통 모르겠다.

그런데 슬은 분명 아직도 외우고 있는지를 물었다. 슬은 하루가 이 시를 아는 것뿐 아니라 외우고 있다는 걸 알고 있다. 그런데 하루는 이 시를 알고 있었는지조차 의문이다. 게다가 막힘없이 외우다니. 시인의 이름도 제깍 나왔었다. 교과서에 나와 시험을 대비해 밑줄 치고 공부하던 것이거나 그게 아니면 누구나 알만큼 유명한 시라면 모를까 이 시는 이런 경로는 아닌 것 같다. 소설은 좀 읽어도 시집은 전혀 읽지 않는데.

뭘까 이 기분은. 기억하고 있지만 기억하고 있다는 것을 인지하지 못하는 무언가가 저 밑바닥에 가라앉아 있는 것일까. 그럼 대체 그 양은 얼마나 될까.

혹시 밑바닥 저 깊은 곳에 나도 모르는 내 기억이 가라앉아 있는 것은 아닐까.

"아직 졸업 전인데도 벌써 다 끝난 것 같아."

유미가 아쉬운 듯 감상에 젖어 말을 하자 하루와 슬도 각자 생각을 하다가 그 말에 고개를 끄덕인다.

"수능 때문에 그래. 수능만 치면 모든 게 끝난 기분이잖아. 이제 공부도 할 일이 없을 것 같고 학교생활도 끝나버린 것 같고. 뭔가 단절되는 지점에 서 있는 기분이야."

"그래. 다시 오지 않을…."

"고3은 참 이상해. 아니 학교란 곳이 이상한 건가."

슬의 말에 하루가 웃는다.

"둘 다 맞아. 고3도 이상하고 학교도 이상해. 학교가 이상한 데는 고3이 정점이니까. 고3이 되면 1, 2학년과는 다르거든. 한 번 단절이 생겨. 심지어 우리 학교는 고3 건물만 따로 있었잖아."

"정신병동."

말하면서도 웃긴지 유미와 슬이 킥킥대다가 이내 씁쓸한 얼굴이 된다.

"수능 다음 날 문제집이랑 교과서 버리러 갔더니 분리수거장에 정말 말 그대로 산더미처럼 쌓여 있더라."

"난 정말 그거 보고 징글징글하더라. 저게 우리가 공부한 거라니. 뭐 그중에 반은 앞장만 풀어 너덜너덜해진 것들이

겠지만. 그리고 그 산더미만큼 뭔가 허무함이 확 밀려왔어."

그 말에 동감한다는 듯 하루가 고개를 끄덕인다.

"그렇지. 허무했어. 마치 19년을 수능을 위해 살았던 것 같은 착각이 들더라. 실은 그렇게 살지 않았으면서도 말이야. 이제는 뭘 해야 하나 그런 생각도 들고."

"맞아. 그건 공부를 하고 안 하고의 차이가 아닌 것 같아. 그냥 고3이라면 누구나 느낄만한 거. 다 끝났고 뭘 해야 할지 모르겠고. 수능이 끝나면 해봐야지 하고 리스트 적어놨던 건 막상 시시해지고. 아! 파마는 했다."

슬이 웨이브진 머리를 쓰다듬으며 흐뭇한 듯 말한다.

"시시해진다…."

하루가 슬이 한 말을 혼잣말처럼 따라 한다. 슬이 헝클어진 머리카락을 풀어주며 말을 이어나간다.

"정말 그래. 시시해졌어. 그게 수능 날을 기점으로 모든 감정을 다 느껴서 그런가 봐. 공부하면서는 열정과 스트레스, 수능 날에는 긴장감, 치고 나서는 허무함이랑 안타까움 그런 감정들이 주마등처럼 지나가. 괜히 눈물이 나기도 하고 그러다 채점하면 잘 보면 잘 본대로 다들 잘 봤겠지 불안하고, 못 보면 나만 못 본 건가 좌절하고 재수학원 사이트 기웃거리고."

하루도 고개를 끄덕이며 수능 본 직후를 떠올린다.

“다들 그렇구나…. 난 사설학원 사이트 가서 예상등급 유료결제하고 받아봤는데 너무 안 나온 거야. 최저 있는 수시 썼으니 등급 나와야 하잖아. 게다가 그 등급으로 갈 대학은 성에 차지 않을 것 같고. 그래서 군대 가야 하나, 생각했어.”

“그렇게까지?”

그 말에 유미와 슬이 서로를 한 번 보고 다시 하루를 본다.

“말이 그렇다는 거지. 어차피 남자들 대학 1, 2년 다니고 군대 가야 하는데 그걸 미리 좀 다녀오는 게 낫지 않나…. 침대에 누웠는데 오만가지 생각이 다 들더라. 그런데 웃긴 건 그러다 잠들어. 왜냐하면, 일단 몸이 피곤하니까. 긴장도 풀렸고.”

그런 하루의 어깨를 부드럽게 쥐며 슬이 웃는다.

“맞아. 그리고 그 다음 날 학교 가면 책상에서 훌쩍거리는 애들도 있고 아예 밖에 나가서 우는 애들도 있고. 그런데 영화 틀면 훌쩍이다가도 뭔가 하고 보고 추우니까 애들도 다 들어와서 그걸 또 다 본다? 그리고 청소도 안 하고 집에 가잖아. 담임도 뭐라 안 하고.”

“뭔가 정지된 느낌이랄까? 그 전까지는 9시까지 학교 가야 하고 게다가 수업보다 자습이 훨씬 많고, 그 자습 시간에는 정리하거나 인강 보고 그런 일정이 쭉 있잖아. 정규 수업 끝나면 청소한 다음 보충수업 있고, 저녁 먹은 다음에 야자하고. 그런데 수능이 끝나면 그런 게 다 무너져버려. 그 전의 시간들은 저 세상에 정지해있는 느낌이야. 그런데 나는 저 세상에도, 그리고 이 세계 사람도 아닌 느낌?"

"난 학교가 그런 것 같아. 학교 담을 경계로 저 세상과 이 세계가 나뉘어. 한 번은 두통 심해서 외출증 끊어서 병원 갔었거든. 조퇴하고 싶은데 그 날 오후에 수학, 영어 다 들어서 그러진 못하고 병원이나 갔다 오자 나갔는데…. 좀 충격받았었어. 신선하다고 해야 하나."

"왜?"

"세상이 돌아가더라고. 학교 밖에도 세상이 존재한다는 느낌이 들었어. 학교에 있으면 쌤들이랑 학생들만 있는 것 같고 그게 세계의 전부 같은데 밖을 나가니 또 다른 사람들이 있고 세상이 있어…. 햇살이 비치고 사람들이 길거리를 걸어 다니고 옷가게에서 옷을 사고 스타벅스에서 커피를 마시고 있고…. 내가 잠깐 다른 세계로 건너온 건지, 아니면 원래 내가 살던 세계인지…. 학교 끝난 후나 주말에는 밖에 나가도 그런 생각이 안 드는데 학교에 있어야 할 시간에 나가니 그런 생각이 들더라. 나만 그래?"

슬이 고개를 젓는다.

"아니야 나도 그런 적 있어 하루 너랑 좀 다르지만. 공부도 잘 안되고 괜히 몸도 막 아픈 것 같고 그래서 조퇴 쓰고 가방 들고나오는데 교문 밖에 나오는 순간 공기가 다른 게 느껴졌어. 다른 세계로 건너온 느낌. 아프지도 않고…."

"꾀병이었던 거야 그냥 나오고 싶어서."

"그런가 봐. 그래서 집에 안 가고 나는 그 스타벅스에 들어가서 커피 한 잔 마시면서 사람들 구경하다가 끝날 시간 맞춰서 갔었어. 괜히 설레고 좋더라고. 음악에 나도 모르게 발도 까딱까딱거리고 있고…. 학교는 참 이상해. 나쁘다는 게 아니라 학교 특유의 분위기, 중압감, 다른 공기가 존재해."

그 말에 끄덕이다가 유미가 진저리를 내며 고개를 흔든다. 그럴 만도 하지. 분리수거장에 산처럼 쌓인 참고서 중에 유미의 것이 가장 많았을 것이다. 정말 지긋지긋하게 공부, 공부만 했을 것이다.

"아. 계속 앉아 있었더니 몸이 뻐근해. 다리도 좀 저리고."

슬이 일어나더니 주위를 슬쩍 보고 복도로 나와 스트레칭을 한다. 하루는 슬을 본다. 레깅스를 신어 드러난 슬의 다리 선이 보기 좋게 가녀리다. 하얀 얼굴과 어울리는 갈색 머리. 자연스럽게 흘러내리는 머리카락을 따라 찬찬히 살펴본 슬의 얼굴은 참 예쁘다. 지나가는 남자애들도 흘깃 볼 정도로 예쁘다. 어디에 있어도 눈에 띌 정도이다.

역시 전국구다. 대화도 잘 통하고 상식도 있고 쓸데없이 약하지도 않다.

그런데 왜.

"뭘 그렇게 빤히 봐"

슬이 다시 자리에 앉으며 하루를 본다.

"그냥."

"왜? 내가 너무 예뻐서?"

슬의 장난스러운 물음에 하루가 답한다.

"응. 너무 예쁘다 생각했어. 누구나 다 좋아할 만한 그런 여자애인데 왜 나는 널 좋아하지 않았을까, 왜 너에게 반하지 않았을까…. 동훈이 말대로 전국구인데. 그게 이상하다 생각하면서."

그 말에 슬의 얼굴이 굳어진다. 유미는 휴대폰을 만지작거리다가 그 둘을 본다. 그리고 다시 휴대폰에 집중한다. 하루는 슬의 얼굴이 굳어졌음을 보고 긴장한다.

"기분 상했다면 미안."

"뭐가. 그런데 너 이미 늦은 거 알지? 지금 나한테 반하기에는 말이야."

슬이 생긋 웃자 하루는 마음이 놓인다는 듯 같이 웃는다.

"넌 뭘 그렇게 봐?"

슬이 유미를 보며 묻는데 유미는 아까부터 심각한 얼굴이다.

"뭘 보는데?"

"아까 그 자살한 학생 있는지 찾아보다가 우리 학교 카페 들어갔었거든. 내신 시험지 올려놓는 고마운 선배들이 있어서 가끔 들어간 경우는 있어도 이렇게 제대로 보기는 처음이야."

슬과 하루도 관심을 갖는다.

"재미난 거라도 있어? 없을 텐데. 반에서 운영하는 것도 요즘은 SNS 하지 학교 카페가 활성화될 리 없잖아."

그 말에 유미가 고개를 젓는다.

"아까 검색해서 들어왔을 때는 최근 글이 전부 스팸이라 제대로 안 봤었거든. 그런데 페이지를 넘기다 보니까 이상한 글이 있어."

"뭔데?"

유미는 슬에게 휴대폰을 넘겨준다.

"읽어줘."

하루의 말에 슬이 읽기 시작한다.

"여기 아직 들어오는 사람 있어? 야자 시간에 화장실 가는데 머리 긴 여자애가 99계단을 올라가는 거야. 그런 느낌 알지? 그냥 올라가는구나, 가 아니라 등골이 오싹해지는 거. 무서워서 화장실도 못 가고 그냥 교실로 들어감. 이거 나만 본 거임?"

슬이 읽고 나서 유미와 하루를 본다. 하루 역시 놀란 눈이고.

"뭐야?"

"하루가 아까 봤다는 거랑 똑같잖아…. 어떻게 된 거지?"

슬이 하루를 보자 하루 역시 모르겠다는 얼굴로 고개를 젓고.

"너…. 장난치는 거 아니지? 이 글도 네가 쓴 거…. 아니지?"

"아니야. 절대. 난 그런 카페 있는 것도 지금 알았어."

잠시 침묵이 감돈다. 기차의 덜컹거리는 소리와 아직 잠들지 않은 사람들의 말하는 소리만 들릴 뿐. 지금 그들 세계의 공기는 같은 기차 안이지만 저들과는 다른 세계이며 단절되어 있다.

"이해가 안 돼…."

침묵을 깬 건 하루다.

"나도. 하루는 99계단에 대해서도 잘 몰랐어. 그런데 99계단을 오르는 어떤 여자애의 모습을 환영처럼 봤다고 했고. 그런데 실제로 그 여자애를 봤다는 목격담이 있어. 물론 그 목격담이 있는 이 카페는 하루가 존재조차 몰랐으니 그 글을 보고 지어낸 얘기는 아닐 테고. 지금 내가 정리 잘한 거 맞아?"

슬의 질문에 하루가 고개를 끄덕인다.

"응. 그리고 나에 대해 의심하는 그 모든 건 다 아니야. 내가 그 카페의 존재를 혹시 안다거나 아니면 그 글을 내가 읽었다거나 혹은 직접 썼다거나 하는 그런 모든 의심들. 그거에 대해선 no야."

"혹시 댓글 달린 거 있어 유미야?"

유미는 휴대폰을 보며 댓글을 읽어준다.

"약 팔지 마삼, 언제 적 괴담을, 아이피 추적한다, 할 일 없음 단어 하나를 더 외워라, 오 이거 성지 글 되나요, 구라면 수능 쪽박, 진짜면 대박, 나도 봤어…. 나도 봤어?"

마지막 댓글에 슬이 유미의 휴대폰을 빼앗듯이 해서 직접 확인한다.

"나도 봤다니…. 그럼 그 여자애를 본 사람이 또 있는 거야?"

"휴. 모르겠다. 이 글 자체가 믿을 수 있는 건지도 우선 모르는 거니까. 그러니 이 댓글 역시 글 쓴 애가 달았을 수도 있는 거고…. 그런데 그러면 하루의 환영은 어떻게 되느냐가 또 문제야. 이런 글이 없으면 하루가 본 건 말 그대로 환영인데, 이게 만약 정말 목격담이면 하루가 본 건 단순한 환영이라 볼 수가 없어."

유미가 다시 제 휴대폰을 슬에게서 가져와 읽어본다.

"그 여자애 거기서 누굴 만나?"

"뭐?"

"여기 한참 아래. 똑같은 아이디로 쓰여 있어."

슬이 휴대폰을 다시 가져와 읽는다.

"누굴…. 만난다고? 이게 만약 사실이라면 대체 왜 거기서? 다른 데도 많은데. 남의 집에서."

그 말에 하루가 자기 생각을 이야기한다.

"우선 그 집이 남의 집이 아닐 수도 있어. 그 여자애와 관련된 집일 수도 있잖아. 그 집 주인의 딸이라든가 손녀라든가 아니면 친척이든 어쨌든 뭐든 간에. 그러면 공부하다가 그 집에 가는 게 영 이상한 건 아니지. 그런데 그 집이 정말 그 여자애에게도 남의 집이라면 그건 문제가 되는 거지. 만약 정말 그 집에 가는 여자애가 있다면, 그리고 거기서 누굴 만난다는 게 사실이라는 전제하에."

그 말에 슬이 고개를 끄덕이며 덧붙인다.

"후자의 경우라면. 그 집이 그 여자애가 누굴 만나기 위해 이용되는 곳이라면. 왜 거기일까? 학교 말고 다른 곳도 많은데."

"학교에서…. 만나야 하는 사람이라면?"

유미가 의문을 제기한다.

“학교 밖이 아닌 학교 내에서 만나기 쉬운 사람일 수도 있잖아. 오히려 학교 밖이 더 위험할 수 있는.”

하루는 눈을 감고 환영으로 본 여자애를 기억해낸다. 알지도 못하는 사람을 기억해내려고 한다는 것이 우습다는 생각을 하면서.

계단을 오를 때 찰랑거리던 긴 머리. 교복 치마 아래로 드러난 하얀 다리. 조심스럽지만 경쾌했던 발걸음. 실내화. 실내화? 분명 운동화나 구두가 아닌 학교 지정 실내화였다.

“야자를 하는 도중에 만날 수 있는 사람. 그렇게 만나도 문제 되지 않을 사람….”

하루가 자신이 떠올린 것을 혼잣말하듯 곱씹는다.

“야자? 그 여자애가 야자를 했어?”

“아까 본 걸 다시 떠올려봤을 뿐이야. 나도 몰라. 왜 그 여자애가 보였는지, 정말 존재하는 사람인지 모르겠어. 아니면 내가 본 그 애와 카페에서 얘기되고 있는 그 애가 같은 사람인지도 모르겠고…. 만약 같은 사람이고 실제로 존재한다면 내가 왜 그 애가 보였을까? 나에게는 지금 이게 더 중요해. 왜 그 애는 나에게 보였을까?”

“누구한테 들은 건 아닐까?”

슬이 조심스럽게 말한다.

"그러니까 하루 넌, 누군가에게 이런 얘기를 들은 적 있는 거지. 우리 반 누가 야자시간에 종종 사라지더라. 한 번은 따라가 봤더니 99계단의 집에 누군가를 만나러 가더라. 이거와 꼭 같지는 않아도 비슷하게 말이야. 들은 적 없어?"

하루는 그 말에 턱을 괴고 곰곰이 생각한다.

"그런 적 있잖아. 들은 얘기인데 어느 순간엔가 원래 알고 있었던 것처럼 기억하는 경우. 아니면…."

"있어. 들은 적."

그 말에 유미와 슬이 놀라 귀를 쫑긋하며 하루를 본다.

"너한테만 하는 얘기인데, 라면서 들은 적 있어. 여자애들이라면 모를까 남자애들 사이에서는 이런 일 드물어. 나 역시도 누군가 비밀이라며 말해주는 일이 살면서 별로 없었거든. 나랑 별 상관없는 일이면 곧잘 잊어버리기도 하고. 그런데 내가 왜 여태 이걸 잊어버리고 있었지? 나 이 얘기 듣고 나서 웃었거든."

"웃어?"

"응. 웃었어. 밥이나 먹으러 가, 하면서 웃었거든 분명…."

"보통 비밀이라면서 하는 얘기는 웃긴 종류가 아닐 텐데."

슬이 의아해한다.

"어떻게 들었는데? 기억나?"

하루는 그때를 떠올린다.

“정확히. 또렷하게 기억나. 수학 끝나고 동훈이가. 그 자식 내 앞에 앉았었거든. 점심시간이라 애들 다 흩어지고 나도 밥 먹으러 가려는데 이 자식이 안 일어나는 거야. 가자고 하니까 잠깐 앉아보라 하길래 앉았더니 그런 얘길 하더라. 야자 시간에 옥상에서 한 대 빨다가 거기로 들어가는 여자애를 봤다고. 이상해서 봤는데 한참을 지나도 안 나오더래. 그러다 종 칠 때 다 되어서 그 집에서 나왔다는데.”

슬이 급하게 말을 한다.

“그럼 얼굴 봤겠네? 뒷모습으로는 누군지 몰라도 나오는 것까지 봤으면 알 거 아니야. 누군지는 말 안 했어? 비밀이라면서 말했으면 누군지를 말했을 것 아니야.”

그 말에 하루가 갸우뚱한다.

“말했었나?”

“그럼, 그걸 봤다는 건 말하고 누군지는 말을 안 했다는 거야?”

슬의 물음에 하루가 고개를 끄덕인다.

“뭐야, 걔도 참 싱겁다. 비밀 같지도 않은걸. 아니다. 너 동훈이랑 연락하지? 카톡으로 한번 물어보면 안 돼?”

슬이 알고 싶어 죽겠다는 표정으로 하루를 본다. 하루가 슬의 이마를 손가락으로 가볍게 누른다.

“괌 갔어. 가족들이랑.”

– 네 번째 역 –

틀린 부분 찾기

하복을 입은 학생들. 에어컨 찬바람이 추운지 하복 위에 담요를 두르거나 후드를 입은 학생들도 있다. 맨 뒤에 앉았던 하루는 볼펜을 돌리며 국어 비문학 지문 중 칼슘 섭취제를 복용해도 뼈에서는 여전히 칼슘이 필요하다는 칼슘의 역설 부분을 심드렁하게 읽고 있었다. 종이 치자 아이들은 교실 밖으로 나가거나 잡담을 하기 위해 삼삼오오 모였다. 하루는 앞에 앉은 동훈이가 뒤를 돌아볼 때까지 잠시 기다렸다. 팔의 움직임을 보니 형광펜을 치거나 필기라도 더 하는 모양이었다.

"안 가냐?"

하루가 책상에서 일어나는데 동훈이가 뒤를 돌아보더니 심각한 얼굴로 자신을 쳐다보고 있었다.

"왜?"

"하루야."

하루가 징그럽다는 듯 질색한다.

"그렇게 부르지 마. 왜. 뭔데?"

"잠깐 앉아봐."

다른 때 같으면 가면서 얘기하라고 했겠지만, 동훈의 얼굴을 보고 하루는 다시 자리에 앉았다.

"뭔데. 괜히 떨리네."

하루가 손바닥으로 가슴을 문지른다.

"얘기해도 되나…."

"이 자식이. 할 거면 하고 말라면 마. 괜히 별것도 아닌 거에 뜸 들이지 말고. 할 거야 말 거야."

동훈은 잠시 고민하더니 결심을 한 듯 하루에게 말한다.

"너한테만 하는 얘기인데, 아니 너니까 하는 말인데 난 지금부터 본 것만 말할 거야. 내 주관은 개입시키지 않고 그러니까."

늘 장난만 치던 동훈의 눈빛이 심상치 않다.

"나도 그렇게 들을 테니 말해봐. 너 이랬는데 또 무슨 카더라 통신이거나 별거 아니기만 해봐."

동훈이 한 번 고개를 끄덕인다.

"며칠 전 야자 시간에 옥상에서 피고 있는데 어떤 애가 계단을 올라가는 거야. 학교 뒤쪽에 있는 계단…. 그리고 그 집으로 들어갔어."

"여자, 남자?"

"여자. 머리 길고. 괜히 궁금해져서 보고 있었어. 그 집에 불이 켜지고 한참이나 나오질 않는 거야."

"기억난다. 너 종 칠 때까지 안 들어와서 감독 쌤이 어디 갔느냐고 그날이구나."

"그럼 맞아. 그날이야. 그만 기다리고 내려갈까 하는데 여자애가 나왔어. 옷매무새를 만지더니 한 번 쓱 둘러보고 다시 내려가더라."

하루는 그때 동훈이가 한 얘기를 이해 못 하고 있었다. 이게 왜 비밀이어야 하는지.

"도대체 어디가 이렇게 긴히 해야 되는 부분이야? 너 이딴 걸 지금 비밀이라고 말하고 있어?"

"넌 감이란 게 없냐?"

하루가 도통 모르겠다는 얼굴로 묻는다.

"무슨 감?"

"책을 그렇게 읽는 놈이 왜 이 상황을 못 읽어. 뭔지 모르겠어?"

동훈이 답답하다는 듯 하루를 본다. 구구절절 얘기하지 않아도 하루가 알아주길 바라며.

"답답한 놈. 여기서부턴 내 주관이야. 내가 본 걸 바탕으로 재구성한 거지."

"걱정 마. 책임 안 지워."

동훈이 주위를 둘러보더니 다시 이야기한다.

"야자 시간에 거기에 간다는 건 누군가를 만나러 가는

거야. 혼자 굳이 거기에 가서 할 게 뭐가 있겠어? 그런데 거기에서 만나야 한다는 건 학교가 더 편하단 거지. 즉, 그 애는 거기에서 학교와 관련된 누군가와 만났어. 어때?"

동훈이 하루의 의견을 듣고 싶어 했다.

"그게 왜?"

"네가 이래서 서울대 수시는 떨어진 거야. 내 추리를 들었으면 너도 머리를 굴려 하나 보태야지. 됐고. 그 시간에 그 장소에서 비밀스럽게 만나야 하는 사람은 남자야."

"연애하는 애들인가?"

하루가 머리를 긁적이며 말하자 동훈이 어이없다는 듯 본다.

"어후 이 고구마 100개 먹은 것 같은 답답한 새끼. 그러려면 학교 밖에서 만나겠지. 뭐하러 들킬 걱정 하면서 거기서 만나냐. 내 생각에는…. 선생이야."

선생이라는 말을 다른 말보다 작게 하며 동훈은 주위를 둘러본다.

"학교 안에서 만나야 더 안전한 사람. 하지만 비밀스럽게 만나야 하는 사람. 선생밖에 더 있겠어?"

"넌 꼭 생각을 해도…. 밥이나 먹어 배고파."

하루가 한심하다는 듯이 동훈을 봤다. 동훈이 조심스럽게 한 마디 더 보탠다.

"포인트는 여기야. 이 얘기가 비밀스러운 이유. 그 여자애 옷매무새를 만졌다고. 밖에 나와서. 그게 뭘 의미하는 거겠어?"

이번엔 하루가 어이없다는 표정으로 동훈을 본다.

"너 요새 야동 보냐?"

"생각해 봐. 시간도 딱 맞고. 거기라면 아무도 안 갈 테고."

동훈이 주위를 다시 둘러본 후 전보다 더 조심스럽게 말한다.

"포인트 두 번째. 내가 그 애를 봤어."

그리고 마치 플래시백처럼 환해지며 기억이 나지 않는다.

덜컹. 기차가 멈춘다. 하루도 혼자만의 생각에서 깨어날 수 있었다.

"얼마나 더 가야 하지?"

하루가 시계를 보며 답한다.

"아직 멀었어. 3시간 정도 더 가야 해. 좀 자둬."

슬이 그 말에 고개를 저으며 말한다.

"이제 막 흥미진진한 주제가 생겼는데 잠이 올 리 없지. 너…. 생각하고 있었지?"

유미도 하루를 본다. 하루가 슬과 유미를 흘깃 본다. 동훈이가 한 이야기를 그대로 전하면 둘의 반응은 어떨까. 호들갑을 떨며 그 포인트에 대해 이야기를 덧붙일 것이고 끝끝내 그 애가 누군지 찾으려 들 것이다. 지금은 방학이고, 방학이 지나면 졸업인데 그러면 고등학교 생활이 끝나니 이 이야기를 해도 괜찮겠지. 무엇보다 여기서 한 이야기가 새나갈 리 없으니까. 이상하리만치 그들의 관계는 단단한 것이 있었다.

무슨 일이든, 이야기든 그들 속에서 한 이야기는 다른 사람에게 퍼져나가지 않았다.

입이 무거워서라기보다 그냥 그 안에 간직하고 싶은 마음이라고 해두는 게 맞는 말이다.

"동훈이가 얘기한 포인트가 두 개였어."

화장실을 가려고 일어서던 유미가 다시 앉는다. 기차는 다시 덜컹 소리를 내더니 출발하고, 기차에 올라탄 사람들이 자기 자리를 찾느라 어수선한 그때가 타이밍이라 생각하며 하루는 흘리듯 얘기할 참이었다. 그냥 이렇게 흘리듯이 얘기해도 좋을, 사소한 이야기인 척하고 싶었다. 그런데 그 순간 조용해졌다. 아니 조용해짐을 느낀다.

슬과 유미는 재촉하지 않고 하루가 이야기하기만을 기다린다.

"흘려들어. 뭐 흘려들을 수 없겠지만. 사실이 아니라 동훈이의 지극히 개인적인 생각이야."

하루는 잠시 뜸을 들인다. 왠지 죄책감이 든다.

"포인트 하나. 동훈이는 그 여자애가 거기에서 학교쌤을 만났다 생각하고 있어."

그 말에 슬과 유미가 고개를 끄덕이더니 서로를 본다. 생각했던 부분이라는 듯.

"그리고, 다시 한 번 말하지만 동훈이 생각이야. 사실과는 전혀 다를 수도 있어."

"알았으니까 말이나 해."

슬과 유미가 상체를 굽히며 하루에게 더 가까이 다가간다.

"그 여자애가 거기서 잤다고 생각해. 그 쌤이랑…."

하루는 누군가의 은밀한 이야기를 소문내고 다니는 기분이 들어 고개를 떨군다.

역시나. 하면서도 해도 되나 싶은 얘기는 안 하는 게 맞는 건데.

"이제야 들어맞네."

유미의 입에서 뜻밖의 말이 나오자 하루와 슬이 그녀를 본다. 유미는 하루와 슬을 한 번씩 보고 난 후 일어난다.

"여기서 좀 쉬자. 화장실 갔다가 술 좀 더 사올게. 아무래도 술이 있어야 할 것 같아."

유미가 자리에서 일어나고,

“무슨 말일까? 유미가 한 말.”

슬의 물음에 하루는 고개를 젓는다. 그러다가

“유미가 알고 있는 퍼즐 옆에 맞출 수 있는 또 하나의 퍼즐 조각인가 봐. 동훈이 얘기가.”

하루가 슬의 머리를 헝클어뜨리며 살짝 웃는다. 그러다가 본인도 놀라서 손을 거두고.

하루는 자신의 손을 본다. 아무렇지 않게 뻗어 나간 손. 습관적인 행동.

유미가 캔맥주와 과자가 든 봉지를 들고 오자 하루가 그것을 받고 슬과 유미에게 나눠준다. 하루가 캔을 따며,

“사실 좀 무섭다고 해야 하나”

“뭐가?”

유미가 묻는다.

“동훈이 얘기가 사실이면 사실인 대로, 아니면 아닌 대로. 사실이든 아니든 한 번씩 얘기될 때마다 분명 상처받는 사람은 있으니까.”

유미가 그런 하루를 보고 연민의 표정을 짓는다. 하루 그걸 놓치지 않고.

“그 표정 뭐야?”

“상처받을 사람이 그 이야기 속 주인공만은 아닌 것 같아서.”

"무슨 말이야?"

슬도 하루와 같은 의미로 유미를 본다. 유미는 맥주캔을 앞으로 내민다.

"동아리의 원래 쓰임과는 달리 정말 책이 좋아 들어갔던 네 명이 만나 진지하게 책에 대해 이야기 나누고 웃고 떠들고 했던 게 정말 엊그제 같은데. 내 고등학교 생활의 꽤 많은 부분을 너희랑 보냈다는 생각이 새삼 들어. 할 줄 아는 거라곤 공부밖에 없는 나한테는 그 부분이 의미 있었고 뭐 어느 정도 행복하기도 했고."

슬과 하루는 영문도 모른 채 맥주캔을 들어 유미의 캔과 부딪친다.

"왜 이렇게 진지해 갑자기?"

"이제 진짜 얘기를 하자. 우리가 한 해의 마지막 날 기차를 탄 이유. 꼭 기차였어야만 하는 이유들에 대해서."

순간 긴장감이 감돈다. 하루는 왠지 모르게 심장이 쿵쿵거려 맥주를 한 모금 삼킨다.

"자 지금부터 시작. 내가 조금 전 한 얘기에서 틀린 부분 찾기."

유미가 슬과 하루를 보며 그 답을 기다린다.

"난 네가 도통 무슨 얘기를 하는지 모르겠어…."

슬이 먼저 입을 뗀다. 그리고 하루를 본다. 하루 역시 고개를 젓고.

그토록 스타트 총성을 기다렸는데, 전력질주를 할 준비가 되어 있다고 확신했는데.

갑자기 참가하고 싶지 않은 게임에 억지로 집어넣어진 기분이다. 하지만 이왕 참가한 이상 반드시 본전은 건져야겠다는 생각이 강하게 드는 그런 게임.

인간이란 정말 복잡하다. 어떻게 이런 전혀 다른 생각을 한꺼번에 할 수 있는지.

정말 이 순간, 이 밤을 기다려왔던 걸까.

막상 진짜 얘기를 시작하려는 이 순간이 다가오니 하루는 도망가고 싶어졌다.

하지만 기차는 달리고 있다.

"영 모르겠단 눈치네. 어느 부분이 틀렸을까? 조금만 생각해보면 알 수 있는데."

유미가 다시 한 번 슬과 하루의 답을 기다린다. 하루는 이 순간이 갑자기 지긋지긋해진다. 그냥 말해버리면 될 것을 왜 굳이. 아무도 알 수 없고 혼자만 아는 정답이 있는 퀴즈.

"이런 경우에는 보통 숫자지. 네 명. 네 명이란 부분이 혹시 틀린 거야?"

슬이 유미를 향해 묻는다.

"정답. 책이 좋아 들어간 사람은 세 명이야."

그 말에 하루와 슬이 유미에게 무슨 말이냐는 듯 쳐다보고.

"넌 책이 좋았던 게 아니라는 말이야?"

슬의 물음에 유미가 고개를 젓고.

"나 말고."

그 말에 슬은 하루를 보며 너냐고 묻는 듯한 얼굴이다. 하루는 고개를 젓는다.

"나도 아니야. 가서 잠이나 자려고, 라고 말하고 다니긴 했지만, 거기에 들면 방해받지 않고 책을 읽을 수 있을 것 같아서 들어간 거야. 사실 책 본다고 하면 왠지 모르게 비아냥을 받거나 뭔가 다른 인간이라는 소외감을 느껴서. 정말 책 보는 인간이 있나, 가식 떨고 있다고 생각하는 인간들도 있고."

"김이정. 이정이는 아니었어"

이정이란 말에 하루의 심장이 아까와는 다르게 요동치기 시작한다. 그리고 새로운 정보에 긴장했음이 얼굴에 드러난다. 슬은 이내 아무렇지 않은 듯 받아친다.

"그럴 수도 있지. 원래 독서반은 다른 거 귀찮아하는 애들이나 다른 데 가려다 짤려서 많이 오잖아. 아니면 사람들이랑 어울리기 싫어하는 부류들도. 가만히 앉아서 조용히 있기만 하면 터치 안 하니까. 그래서 공부 잘하는 애들도 몇몇 있었잖아. 와서 문제집 풀다 가고."

유미는 슬을 본다. 그 눈빛에는 하루를 보던 그대로의 안타까움이 서려 있다.

"우리 애써 외면하지 말고."

그리고는 하루를 본다.

"누군가 대신 부딪쳐 주기를 기다리지 말고 이제는 그 애에 대해서 이야기해보자. 이정이. 이 자리에 없지만, 이 자리에서 꼭 이야기되어야 할 사람."

하루는 자신의 침 넘어가는 소리가 너무 커 옆에 앉은 슬에게도 들리지 않았을까를 생각하며 그녀를 힐긋 본다. 하지만 슬은 슬대로 무슨 생각을 하고 있는 듯하다.

이정이 그렇게 된 이후로 하루는 이정의 얼굴이 희미했다. 이정과 무얼 했는지도 잘 기억나지 않았다. 추억을 곱씹기에는 아직 때가 이르다고 스스로를 위안했다. 그저 이정을 떠올리면, 죽었지, 가 옆에 붙었다. 그 희미한 얼굴조차도 하루가 좋아했던 웃는 얼굴인지, 가슴 두근거리며 보았던 옆얼굴인지도 분간이 안 될 정도로 뿌옇게 떠올랐다.

또다시 침묵이 흐른다.

"이정이는 죽었지."

슬이 그 사실을 다시 되뇌듯 말한다. 아니, 이정이가 죽은 것이 이제는 어쩔 수 없다는 것으로 들린다. 하루는 다 마신 맥주캔을 꽉 쥔다.

막상 이제 때가 되니 도망가고 싶어진다.

"이정이가 죽었다는 말을 이렇게 말로 하게 될 줄 몰랐는데…. 죽었다고 말하는 건 이상하게도 금기인 것 같아서…. 우리 사이에서는 '그렇게 되었다'라고 말하곤 했었어."

그 말에 유미가 고개를 끄덕인다. 슬은 얘기를 계속한다.

"가스폭발로 몇 명, 고속도로 추돌사고로 몇 명, 공사 중 추락, 암, 질식, 자살…. 늘 죽는 얘기뿐인데도 그 죽음이 이렇게 가까이에 있을 줄은 몰랐어. 할머니나 할아버지가 돌아가셨을 때와는 또 다른 얘기지. 노인이 아무 이유 없이 노인이라는 이유로, 모든 기관이 쇠약해졌기 때문에 죽는 거랑 이정이가 그렇게 죽는 거랑은 이 땅과 우주의 거리처럼 멀어. 그렇게 멀고 먼 얘기를 하려고 기차에 탄 건 맞는데…. 너무 멀어서 어디서부터 이야기해야 할지 난 잘 모르겠어. 그리고 꼭 해야 하는지도 이제 와서…. 좀 두렵기도 해…."

슬의 목소리가 감기가 시작되는 것처럼 갈라진다. 목소리를 가다듬은 슬이 맥주를 한 모금 마신다. 하루는 슬을 본다. 오늘은 반드시 알아내겠다고 마음먹었는데 떨고 있는 슬을 보니 약해진다.

언제나 대단하다고, 그 대단함 때문에 이정이도 자신도

결국 이렇게 되었다고 생각했는데, 슬도 약한 존재였다는 생각이 든다. 대단함을 벗어버린 지금의 슬은 그저 작고 여린 여자처럼 보였다.

"이정이가 독서반에 들어온 이유부터 시작해야 할 거야. 그 전까지는 걔에 대해 알지 못했으니까."

유미가 운을 띄운다.

"뭔데?"

하루는 말함과 동시에 일어나서 위에 올려놓았던 점퍼를 슬에게 준다.

"입어. 그게 뭔데? 이정이가 다른 이유로 들어온 거면 그 이유."

그 순간 하루의 머릿속에서는 자신이 방금 했던 그 행동이 자동적으로 리플레이 된다. 자신과 이정이 처음 보았을 때가 펼쳐진다.

입학하고 얼마 후였다. 복도를 걸어가던 하루. 누군가 하루를 지나쳐 뛰어간다. 같은 반 놈들이다. 장난을 치며 뛰어가는 그들 손에는 무언가 들려있다. 그리고 소녀. 이정이다.

우리가 처음 본 건 독서반이 아니었어. 그게 왜 지금에서야 기억나는 거지? 전생과도 같이 아득한 기억을 하루는 더듬는다. 장난치며 뛰어가던 두 놈이 무언갈 이정에게 쏟지만 미안하다는 시늉만 대충 하고는 가버린다. 이정이 그런 그들을 한 번 돌아보고는 하루 쪽으로 돌아서며 옷을 터는데 흰 블라우스의 속이 비친다.

하루는 자신의 교복 재킷을 벗어 이정에게 주었다. 입어. 네가 이걸 왜 주냐는 이정의 눈빛은 무시하면서. 오글거리는 기사도 정신. 그땐 어떻게 그럴 수 있었지. 어이없어하는 그 애를 두고 돌아서면서 왠지 두근거리던 가슴. 교복 재킷은 곧 하루의 자리에 놓여 있었다.

이런 걸 잊고 있었다니.

"듣고 있어?"

슬이 하루의 어깨를 살짝 흔드는 바람에 하루는 생각에서 빠져나온다. 그것은 정말 전생을 체험한 것 같은 기분이 들었다.

"내가 방금 생각난 게 하나 있는데. 슬아, 나 이정이를 처음 본 게…."

"수돗가?"

유미의 대답.

"뭐?"

"너 이정이 처음 본 거 학교 수돗가라고 하지 않았어? 독서반에서 처음 본 줄 알았는데 그 전에 수돗가에서 본 적 있다고 나중에 얘기했었잖아."

하루는 혼란스럽다.

"내가 그런 말을 했었어?"

슬에게 다시 묻는다. 슬은 고개를 끄덕이고. 하루의 마음을 알겠다는 듯.

"기억이라는 게 원래 좀 왔다 갔다 할 때가 있잖아. 수돗가인 줄 알았는데 사실은 다른 곳일 수도 있는 거고, 수돗가에서 본 게 이정인 줄 알았는데 그게 다른 사람일 수도 있었고…."

하루는 천천히 고개를 젓는다.

"명찰…. 재킷에 명찰이 없어진 채로 있었어. 복도에서 내가."

"명찰? 너 명찰 잃어버린 적 또 있었어?"

슬의 말에 하루가 슬을 본다. 이건 또 무슨 말이야.

"또라니. 내 명찰이 없어진 게 그때 말고 또 있어?"

그 말에 유미가 어이가 없다는 듯 하루를 본다.

"그 많은 벌점들이 다 어디서 쌓였다고 생각하는데 넌? 다 명찰 때문이었잖아. 체육복 갈아입다가 없어지고, 또 뭐였지? 명찰 가져가면 사랑이 이루어지네 어쩌네 해서 여자애들 사이에 남자애들 명찰 훔치는 거 유행했었잖아. 그때 네 명찰도 여러 번 없어졌었고. 그게 기억이 안 나?"

슬은 하루를 걱정스레 본다. 하루는 눈을 감고 한 손으로 관자놀이를 잠시 누른다. 왠지 창피하단 생각이 들었다. 사소한 기억이라도 내가 하지 못하거나 잘못 알고 있는 것을 남이 속속들이 알고 있다면 예민해진다. 어디까지 알고 있을까를 생각하면... 또 무엇이 있을까를 생각하면 아찔하다.

“잠깐 화장실 좀.”

하루는 객차 밖을 나와 무릎을 짚고 몸을 숙인다. 숨이 제대로 쉬어지지 않던 것이 이제야 좀 괜찮아진다. 조금 시원하다 느끼며 하루는 벽에 기대 기억을 다시 떠올린다.

복도에서 본 이정이를, 이정이? 얼굴이 희미하다. 다시 기억해보니 그건 이정이가 아니었다. 아니, 확실하게 아니라고 말할 수는 없지만 이정이 아닐 수도 있었다. 하루는 세면대 물을 세차게 틀어 세수한다.

그날 복도를 걸어가던 건 내가 맞을까. 환한 햇살 속에서 복도를 걸어가던 남학생의 뒷모습이 보인다. 그가 뒤를 돌아보지만 그 얼굴은 햇빛에 반사되어 보이지 않는다.

수돗가라니. 수돗가에서 이정을 봤다고 하는 건 지금 처음 듣는 이야기다.

수도꼭지를 잠그고 하루는 거울 속 자신을 본다. 별거 아니다.

슬이 말대로 기억이야 좀 틀릴 수도 있는 거지. 게다가 이런 사소한 기억. 아무것도 아니야. 갈 길이 먼데 이딴 걸로 시간 낭비하지 말자. 하루는 이런 사소한 것으로 당황한 것이 창피하게 느껴졌다.

객차 문을 다시 열고 들어가는데 안이 캄캄하다. 휴대폰을 들고 있는 슬의 얼굴이 보인다. 하루는 차라리 잘 되었다 싶다. 분위기가 바뀌면 그 전의 일은 왠지 쉽게 잊히니까.

"뭐야?"

하루가 앉으며 슬에게 묻는다.

"뭐라 그러더라? 무슨 구간을 지나는데 잠시 정전이래."

하루는 어둠 속에서 차창 밖을 바라본다. 눈은 그쳤고 가로등 불빛들만이 빠르게 지나간다. 어둠 속에서 선명해지는 기억.

그래, 수돗가다. 수돗가가 맞았어. 한바탕 농구를 하고 수돗가에서 세수하는데 누군가 손수건을 내밀었다. 커다란 꽃이 그려져 있던 분홍색 손수건. 그 손수건의 주인을 잠깐 쳐다보다가 자신을 부르는 소리에 지나쳐 걸어갔다.

"기억났어. 수돗가 말이야."

그 말에 휴대폰만 보고 있던 슬과 유미가 하루를 본다. 그리고 객차 안에도 불이 들어온다.

그리고 그 순간 슬의 눈동자를 보게 된 하루.

그 속에서 두 사람만의 우주를 보았다.

아니, 우주는 그대로인데 하루가 지금 발견한 것 같은 기분.

슬의 눈동자 속 그들만의 우주는, 그 세계는 이미 오래 전부터 있었는데 마치 그 사실조차 잊어버린 것 같은 기분.

"뭐야…."

하루는 당황해서 고개를 돌린다.

"기억났다며, 말해봐."

"어…. 잠깐만…."

맥주를 한 모금 마신 하루는 다시 슬을 본다. 슬의 눈동자를.

다시 그대로다. 우주는 사라졌고 그들의 세계는 닫혔다. 하루는 안도하며 이야기를 이어나간다.

"수돗가에서 이정이를 본 거 맞아. 기억났거든. 그땐 독서반도 들기 전이라 모르던 상태였어. 나한테 손수건을 내밀었는데 난 지나쳤고. 그게 다야. 독서반에서 다시 봤을 때 왜 그 기억이 안 난 건지, 그리고 나중에 왜 기억이 났는지는 나도 몰라."

그 말에 유미의 표정이 복잡해지는 것을 하루는 보지 못한다.

"그럴 수 있지. 어쨌든 시작해보자. 이정이 독서반에 든 이유. 유미 너는 알고 있어서 거기서부터 시작이라고 한 거 아니야?"

유미는 대답이 없다.

"왜 그래?"

"그냥 갑자기…. 내가 알고 있는 게, 알고 있는 건가 싶어서…."

슬이 모르겠다는 표정으로 하루를 본다.

"이건 또 무슨 소리?"

"지금까지 내가 알고 있는 게 확실하다 믿어 의심치 않았는데 그 믿음에 금이 가는 순간이야. 어떡해? 그래도 얘기해?"

유미의 말에 슬이 고개를 끄덕인다.

"어차피 확실한 건 없어. 두려워서 그래?"

유미가 끄덕인다. 하루는 생각한다.

두려움. 어떤 두려움일까.

확실하지 않은 것을 말해 듣는 사람이 믿어 버릴까 봐 두려운 것일까.

책임감이다. 그렇다면, 확실한 것을 말해서 믿게 만드는 건 괜찮은 걸까?

어차피 믿고 안 믿고는 듣는 사람의 마음이니 책임을 피할 수 있는 걸까?

그러니 확실한 건 확실하다는 이유로 이야기해도 되는 걸까?

그 내용이 너무나 위험한 것이라면 확실하다 해도 역시나 책임이 돌아올 것이다.

아니다. 어떤 말이든 책임이 있다. 하는 사람에게도 듣는 사람에게도.

"확실하지 않다는 전제하에 들을게."

그래도 유미의 얼굴에는 망설이는 기색이 역력하다.

"내가 이야기를 하면 순식간에 맞춰지는 게 있을 거야. 그리고 단정 지어 버릴 것 같아서…. 그러면 그게 사실이 아니더라도 머릿속은 언제나 제멋대로라 기억하고 싶은 것만, 생각하고 싶은 대로 굳어져 버리니까…. 나도 그랬거든. 너희들 얘기 들으면서 내가 알고 있는 조각과 맞추니 너무나 딱 들어맞아서. 이제야 풀렸구나, 라는 희열 같은 것 사실 느꼈었어…. 그런데 지금 하루의 이야기를 들으니 내가 가지고 있는 조각이 퍼즐 조각이 아닌 쓸모없는 휴짓조각인 것 같아."

"퍼즐 조각이든 휴짓조각이든 시작해보자. 뭐든 얘기해야 하는 그런 밤이잖아?"

슬이 부드러운 웃음을 짓는다. 하루도 고개를 끄덕인다. 그렇지만 더 이상 재촉하지 않는다. 이 밤이 끝나기 전에 이야기를 끝내야 한다는 생각에 초조했는데, 이야기가 끝나야 이 밤이 끝난다는 사실을 깨달았기 때문이다.

기차는 덜컹거리고. 차창 밖 강은 저 깊은 밑바닥 세계를 보여주는 것 같다.

어차피 알 수 없다. 저곳이 알 수 없는 세계라는 것을 알 뿐.

저 아래 무엇이 있는지는 알 수 없다. 지금은 두려움 그 자체를 두려워하고 있다. 차라리 그게 낫다.

하루는 슬과 유미의 얼굴을 본다. 그리고 차창에 비친 자신의 얼굴을 본다.

우리는 가면을 쓰고 있는 걸까.

이 얼굴 아래 진짜 얼굴이, 자기도 모르는 얼굴이 숨어 있는 걸까, 그렇게 생각했었다. 그 얼굴을 찾으려고, 그 가면을 벗겨내려고 이 밤을 기다려왔기에. 그렇지만 그건 아니었다.

낮의 강이 다르고 밤의 강이 다른 이유는 강이 변해서가 아니니까.

"낮에는 분명 햇빛을 받아 반짝반짝 빛났을 텐데. 저 강 말이야. 지금은 저 안에 들어가면 흔적도 없이 사라져버릴 것 같아. 그냥 빠져 죽는 게 아니라 다른 세계로 데려가 버릴 것 같아."

슬이 자기와 비슷한 생각을 했다는 것에 하루는 놀라지만, 창밖에 보이는 것이라고는 강뿐이기에 그럴 수도 있다고 생각하고 다시 입을 다문다.

"이정이 K를 좋아하고 있었어, 아니 난 그렇게 믿고 있었어."

유미가 자신 없다는 듯 말한다. 초조한 얼굴로 맥주캔을 집어 들다가 빈 캔임을 알고 비닐봉지를 뒤지지만 남은 캔이 없다.

"K? 그 음악 K?"

뜻밖의 말에 슬이 놀라서 다시 묻는다. 그리고는 덧붙인다.

"믿고 있었다는 건 역시나 확신이 없다는 거지?"

슬의 물음에 유미가 고개를 끄덕인다. 기차는 터널을 지나는지 귀가 먹먹해진다.

기차 안에 타고 있다는 것은 묘한 안도감을 준다. 칭얼거리는 아기, 달래는 엄마, 술을 마시는 남자들, 깔깔거리며 휴대폰을 보는 여자들, 가끔 돌아다니는 승무원.

각자 다른 일을 하고 있지만, 한 기차를 타고 가고 있다. 중간중간 타고 내리는 사람들이 있지만 기차는 결국 최종 목적지에 다다르게 된다.

기차가 결국 향해야 할 곳을 가는 것처럼 우리도 그렇게 될까.

만약 기차를 잘못 탄 것이라면. 최종 목적지가 우리가 가려고 했던 그곳이 아니라면 그땐 어떻게 해야 하지.

이정이 K를 좋아했다고…. K를. 그랬구나. 뜻밖의 이야기다. 상당히 동요될 수 있는 이야기인데 하루는 그저 담담하다. 슬이 복도 쪽으로 나가려고 하루 앞을 지나가지 않앉더라면 하염없이 창밖만 보고 있었을 것이다.

"어디가?"

"술. 다 떨어졌어."

하루가 일어나며 슬을 자리에 앉힌다.

"갔다 올게. 술 바꿀래? 아니면 술 말고 다른 걸 좀 마시든가."

슬이 고개를 젓는다.

"그럴 순 없지. 지금부터 죽어라 마시고 취해서 새벽에 정동진 도착하면 모래사장 달릴 거야. 내 로망이잖아. 바닷가 달리는 거."

하루가 슬의 머리를 흩뜨려 놓는다. 그러자 슬의 얼굴이 찡그려지며 다시 머리카락을 정돈한다.

"로망 찾다가 얼어 죽는다. 새벽에 바닷가가 얼마나 추운데. 다른 건?"

객실 밖으로 나가기 위해 자동문의 버튼을 누르는데 알 수 없는 위화감이 든다. 뭐지. 피곤하다. 자신에게 그리고 타인에게 온 신경을 곤두세우는 것이 얼마나 피곤한 일인지. 그 순간의 생각과 느낌에 대한 이유를 밝히려니 짜증이 울컥 치솟을 정도이다.

방금 든 감정. 우리가 무슨 얘기를 했더라. K. 음악 K를 이야기하고 있었다.

이정이가 K를 좋아했었다. 가슴이 두근거린다. 질투인가.

질투가 왜 위화감으로 다가왔지? 질투는 당연한 거 아닌가. 처음으로 좋아한 여자가 다른 남자를 좋아했었다는 말을 들었을 때 느낄 수 있는 감정.

그런데 왜. 가슴이 울렁거린다. 취했나. 하루는 손으로 가슴을 문지르며 팩 소주와 데운 어묵을 받아든다. 캔콜라 하나를 추가해서 계산한 뒤 객실로 돌아온다.

"하루 좀 봐. 진짜 소주 사 왔어."

슬이 하루가 든 봉지를 슬쩍 보더니 유미에게 말한다. 하루는 슬 옆에 앉으며

"죽어라 마시고 싶다던 게 누구더라? 맥주로는 어림도 없을 것 같아서."

하루는 슬과 유미에게 팩 소주를 하나씩 주고 유미에게는 어묵을 슬에게는 콜라를 준다. 유미는 따뜻한 어묵을 받아 들고는 하루를 한 번 본다.

"왜. 새삼스레 내가 굉장히 멋져 보이기라도 해?"

하루가 소주에 빨대를 꽂으며 농담조로 말한다.

"지금 드는 생각인데 하루랑 이렇게 지내왔다는 게 엄청난 일인 것 같아."

유미의 말에 슬의 얼굴이 조금 굳는다.

"무슨 뜻이야?"

"긴장 풀어. 그냥…. 사실 하루는 모든 면에서 완벽한 스타일이잖아. 키도 크고 꽃미남 스타일은 아니지만 어딘지 모르게 모성애를 자극하는 얼굴에다가…. 그러면서도 약해 보이지 않고 오히려 감싸주거나 믿어도 될 만한 느낌을 주잖아."

"꽃미남 스타일이 아니란 것만 들리네."

갑작스러운 유미의 말에 하루가 멋쩍은지 소주만 마신다.

"공부도 잘했고. 그런데 그게 공부만 하는 바보가 아니라 머리가 좋은 타입이었고. 남자애들도 꽤 호감 있어 했잖아 같이 어울려 다니길 원하고."

하루는 자신이 정말 그런 인간인지를 생각한다. 객관적으로 들어맞는 말은 공부를 잘했었다는 말밖에 없다. 나머지는 전혀 의식하지 못하고 살았었다.

"여자애들한테 인기도 많았었는데. 본인만 몰랐지. 관심도 없었고. 그런 남자애와 내가 친구로 지냈었다는 게 새삼 느껴져서. 사실 그렇잖아. 슬이처럼 예쁜 것도 아니고…. 너 같은 남자애랑은 사실 말 붙일 클래스가 아니잖아. 내가…."

유미가 말을 흐리며 소주를 마시자 하루는 자신의 팩을 유미의 팩에 부딪치며 농담조로 이야기한다.

"오늘 밤 나한테 원하는 게 도대체 뭐길래 이렇게 띄워놓고 시작하는 거야?"

그 말에 유미는 살짝 얼굴을 붉히고.

"그래, 이제 얘기해 봐. 이정이가 K를 좋아했었다는 그 말."

슬이 분위기를 전환시킨다. 유미도 천천히 고개를 끄덕이고.

"응. 말할 거야. 말은 하는데 한 가지만 염두해. 사실 사람이란 게 그렇잖아. 어떤 사건들을 나열하면 그것을 꼭 완성된 이야기로 만들려고 해. 또 그게 그럴듯해서 결국엔 그럴 줄 알았다는 말이 나오잖아. 그런데 이번에는 그러지 말자. 의도적으로 차단시켜줘. 우리가 가지고 있는 이 조각들이 반드시 큰 그림을 완성하기 위한 것들이라고 생각하지 말자. 조각인 줄 알았던 것이 어느 것의 일부가 아니라 그 자체일 수 있으니까. 그 조각이라 믿었던 것이 전부일 수 있으니까."

유미의 말에 슬과 하루가 고개를 끄덕인다.

하지만 생각의 흐름을 의도적으로 차단한다는 게 그리 쉬운 일인가.

생각은 그렇게 하더라도 아닌 척, 하는 게 더 쉬울 것이라 생각한다.

"이정이가 K를 좋아한다고 생각했어. 그걸 왜냐고 묻는다면 물적 증거는 없어. 사람이 사람을 좋아하는 건…. 굳이 증거가 있다면 그건 그 사람들 마음 안에 있는 거니까.

이런 건 그냥 느낌이야."

그렇지. 증거를 댈 수 없다. 마음을 보여줄 순 없으니까.

그럼에도 불구하고 서로가 서로를 좋아할 때 너무나 많이 우리는 보여 달라고 한다. 보여주는 건 마음속에 있는 것과는 분명 차이가 있을 텐데도. 그대로 표현할 수 없으니 오죽하면 심장을 꺼내서 보여주고 싶다고 할까.

'정말 보여주고 싶다 나도.'

그런 말을 한 적 있는 것 같은 기분이다. 정말 저런 말을 해본 적 있는 것일까, 아니면 들어본 것을 내가 했다고 착각하는 걸까.

유미는 말을 이어간다.

"왜 거기부터가 시작이냐고 묻는다 해도 내 대답은 그냥 거기가 시작일 것 같은 느낌에서야. 그러니 내 이야기는 믿어도 좋고, 흘려들어도 그만인 거로…. 어쨌든, 나같이 주목받지 못하는 스타일들은 다른 사람을 주로 관찰해. 이정이도 내 레이더에 걸린 것뿐이야."

슬이 조심스레 묻는다.

"뭘 봤길래. 둘이 뭘 했는데?"

그 말에 유미가 피식 웃는다.

"눈빛. 우습게도 눈빛이야. 이정이가 K를 보던 그 눈빛 말이야. 너 아까 말했었잖아. 체육 시간에 사랑에 빠진 이정이의 얼굴을 봤다고 말이야. 나도 봤을 뿐이야 그리고 그게 다야."

슬은 고개를 끄덕이며 술을 마신다. 하루가 슬의 빨대 가운데를 꾹 잡는다.

"천천히 마셔. 팩소주가 이래서 무서운 거야. 빨대로 마시니까 얼마나 마시는 줄도 모르다가 한순간에 핑하고 가는 거야."

쾌활하게 말하지만 하루의 얼굴은 이내 굳어진다. 그 이야기가 시작인 이유. 아무도 말하지 않지만 알고 있다.

'내 생각에는 선생이야. 학교 안에서 만나야 더 안전한 사람. 하지만 비밀스럽게 만나야 하는 사람.'

이렇게 되는 건가…. 섣불리 이야기를 만들지 말랬지만 그래도 결국은 이렇게 되는구나.

"그런데 그게 그럴 수가 없어."

하루는 자신의 생각을 무심결에 말로 뱉는다.

"내 말은…. 너희들이 생각하는 그거. 99계단 위의 그 집에서 이정이와 K가 만났을 거라는 추측. 아닐 거라는 얘기야…. 만약 만났다고 해도…. 생각하는 그런 종류의 것은 아닐 거야."

그 말에 슬이 묻는다.

"왜? 이정이는 너를 만나고 있어서? 너랑 사귀고 있어서?"

"동훈이한테 들었다고 했잖아. 그 애를 봤다고 나한테

얘기했고….”

기차가 심하게 덜컹거린다. 슬과 하루 사이에 살얼음판이 순식간에 깔린 것처럼 둘의 몇 안 되는 대화가 위태롭다 느껴진다.

“너 기억나지 않는다며. 그 애가 누구인지 기억 안 난다 했잖아.”

“그래 맞아. 그러니까 아니란 얘기야. 그 애가 이정이었다면 내가 기억 못 할 리 없잖아. 유미 말대로 별개야.”

잠시 침묵.

빠르게 지나가고 있는 구간이라 기차가 흔들린다는 안내 방송이 나오고, 자던 아기는 깨어났는지 울며 보챈다. 다음 역에 도착할 때가 되었는지 몇몇 사람들은 짐을 챙기기 시작한다. 하루는 다 마신 팩을 꽉 쥔다.

역시….

“화장실 좀….”

슬이 나가고. 하루는 다른 팩을 집어 들어 옆을 찢은 뒤 벌컥벌컥 마신다.

“혹시나 했는데 역시나야. 내가 너희들한테 도대체 무슨 기대를 하고 여기까지 온 건지. 죽은 사람을.”

하루는 말을 잠시 끊었다가 다시 한다.

“이따위로 모독하는 거…. 이렇게까지 잔인할 수 있는지 소름이 끼친다. 다른 사람도 아니고 너랑 슬이 이럴 수 있다는 게 놀랍다. 정말."

하루가 유미를 경멸하는 눈빛으로 쳐다본다.

"오버하지 마. 아무도 그 애가 이정이라고 안 했어. 그럼 넌? 너야말로 이정이라고 생각."

유미는 말을 하다가 뭔가 당황한 얼굴이 되더니 술을 마신다.

"그 표정 뭐야?"

하루가 놓치지 않고 본다.

"궁금했었어. 도대체 넌 왜 그렇게 착각을 하게 된 걸까. 일어나지도 않은 사실을 왜 믿게 된 걸까. 나는 네가 단지…."

유미의 말을 하루가 끊는다.

"애매하게 말하지 마. 알아듣게 해."

참을성이 없어진다. 지금까지 참아왔는데. 두근거린다 또.

"묻는 말에 대답해. 첫 번째 질문. 내가 무슨 착각을 하고 있는데?"

하루는 유미를 똑바로 응시하고. 그때 슬이 들어온다. 하루는 슬의 팔을 잡아당겨 앉히고.

"말해봐. 내가 착각하고 있는 거."

슬이 무슨 얘기냐는 듯 유미를 보자

"정슬. 너 하루랑 잤어?"

슬은 당황하고 하루는 어처구니없는 표정으로 유미를 본다.

"하루 렌즈 없어진 그 날 밤 말이야. 너 하루랑 잤느냐고."

슬은 대답하지 못하고 하루를 보고, 하루는 유미만을 보고 있다.

"그 얘기 지금 꼭 해야겠어? 그리고 그 질문의 주인은 나야. 유미 네가 할 수 있는 게 아니라고."

슬이 하루를 똑바로 보며 말한다.

"아니."

슬의 대답. 아니? 아니라고 한 거야 지금? 하루는 슬을 보고.

"첫 번째 질문에 대답했다. 네가 착각하고 있는 거."

"무슨…. 말이야?"

"나 아니야 하루야…. 아니야…."

슬이 하루의 손을 잡더니 애절한, 그리고 미안한 눈빛으로 말한다.

"진작 말해줬어야 했어. 처음부터 그랬어야 했는데…."

유미의 후회한다는 말투. 시야가 흐려지며 주변이 아득해진다.

하루는 그 손을 떼어놓고 어지러운 듯 비틀거리며 객차 밖으로 나간다. 지금 자신의 표정이 어떻게 보일지 모르겠지만 절대 보여주고 싶은 얼굴이 아닐 것이다. 머리가 깨질 듯이 아프다.

유리 구슬 속 흙탕물의 흙이 천천히 돌다가 가라앉는다. 그리고 기억의 형체가 드러난다.

술에 잔뜩 취해 택시에서 내리는 자신의 모습이 보인다.

아니야….

누군가의 손목을 끌고 거칠게 계단을 오른다.

그건 내가 아니야….

다시 유리 구슬 안에서 흙이 천천히 물을 휘감는다. 하루는 주머니를 뒤져 약병을 찾아 꺼내는데 덜덜 떨리는 손에서 약병은 미끄러져 데굴데굴 굴러간다. 슬이 약병을 주워 다가오는데 하루는 슬의 팔을 거칠게 잡아 벽에 밀친다. 얼굴에는 식은땀이 난다.

“대답해. 왜 아니라고 했어? 아니. 진작 말해줬어야 한다니. 무슨 얘기야? 내가 하고 있는 착각이….”

슬이 아니라는 눈빛으로 천천히 고개를 젓는다.

“말도 안 돼…. 그런 걸…. 그런 걸 착각할 리 없잖아…. 내가 아무리 그 날 술을 많이 마셨다고 해도….”

하루가 머리가 아픈 듯 한쪽 손으로 얼굴을 감싼다.

“기억하지 마. 지금 기억해내지 않아도 돼.”

고통에 일그러진 하루의 얼굴. 슬은 안타깝게 그를 본

다. 하루는 다시 기억을 떠올리려 애쓴다.

흙탕물이 회오리치며 돌기 시작하고 그 속도가 점점 빨라진다.

보고 싶지 않은 마음과 들여다보고 싶은 마음이 싸우고 있다.

보고 싶지 않아.

나를 들여다 봐.

싫어.

나를 봐.

"하루야…."

하루는 슬의 눈을 본다.

슬의 눈동자. 그 안의 잔잔한 물결. 그 너머에 따스한 빛이 있다.

환하게 비치는 빛. 괜찮아. 이젠 볼 수 있어.

기억 속에서는 관찰자가 되어 자신을 쫓고 있다.

사설 모의고사가 있어 토요일에 학원을 갔던 날이다. 이렇게 아까운 주말이 가는구나, 라고 투덜거리며 나왔었고 동훈이와 한강에서 술을 마셨다. 가볍게 맥주 한 캔 하고 헤어지려 했던 것이 **그날**은 둘이 마음이 맞았는지 별 얘기를 하는 것도 없이 그저 잔디 위에 앉아 맥주캔이 쌓여 가도록, 나중에는 소주로 바꿔 술만 마셨다. 아무 이야기를 하지 않아도 편안한 그런 밤이었다.

평화로운 침묵을 깬 건 동훈이었다.

"하루야."

하루가 질색하며 동훈을 본다.

"그렇게 부르지 마라니까! 간지러워"

동훈을 힐끗 보니 심각한 얼굴이다.

"왜? 등급 안 나왔어?"

"아니…."

동훈이 말하기를 망설이다가 소주를 한 잔 마시더니 입을 뗀다.

"무슨 말을 하려고 이렇게 뜸을 들여. 괜히 긴장되네."

"그때 내가 한 얘기 있잖아, 옥상에서 봤다는…."

하루가 머리를 긁적이다가 생각난 듯 말한다.

"그게 왜?"

"넌 그 말 듣고 아무렇지 않았어?"

한참을 더 마신 뒤 하루는 택시를 탔다. 택시를 타자 취기가 몰려왔다.

그리고 내린 곳은 슬의 집 앞이었다. 비틀거리며 택시에서 내린 하루가 슬의 집 마당을 가로질러 들어가는데 현관

문을 열고 이정이 나왔다.

“술 마셨어?”

하루는 대답하지 않고 슬의 집을 본다. 불 꺼진 거실.

“혼자 있기는 무섭고…. 그래서 나도 가려던 참이야.”

‘네가 날 쓰레기라고 생각할 것 같은데 말이야….’

하루는 이정의 팔목을 잡고 집으로 들어갔다.

‘걔만 보면 뭔가 욕망이 생긴다고 해야 하나…. 한 번 자 보고 싶은…. 걔라면 쉬울 것 같은 그런 생각….’

하루의 기억은 거기에서 끝이었다. 이를 지켜보던 관찰자는 그 문으로 들어가지 못했다. 단지 2층 계단으로 올라가는 두 사람이 어렴풋이 보일 뿐이다.

하루의 눈에서 눈물 한 방울이 떨어진다. 그리고 슬을 본다. 슬의 얼굴에도 눈물이 흐르고 있다.

“미안해…. 그동안 속여서 미안해 하루야….”

슬이 하루의 목에 매달려 흐느껴 운다.

‘프레시 컷 로즈는 꽃이 활짝 핀 장미정원에 있는 것 같은 기분을 느끼게 해주죠. 젊은 여성들이 많이 찾는 제품이에요….’

‘아니요, 그건 됐어요.’

점원이 엔젤스 아이즈를 상자에 넣고 초록색 포장지로 포장한 뒤 흰 리본을 묶는다.

꽃잎처럼 내리던 4월의 눈. 어두운 골목길. 둘 만을 비춰준 가로등 불빛.

하루는 자신에게 매달려 있는 슬을 떼어놓고 천천히 본다. 믿어지지 않는 눈빛.

아니, 인정할 수 없는 눈빛으로. 슬은 어깨를 들썩이며 울고 있고 고개를 들지 못한다.

‘사귀자…. 잘해줄게….’

흩날리는 벚꽃잎. 꺼지라며 팔짱을 끼고 있던 슬이 팔짱을 푼다.

‘가난한 내가 아름다운 나타샤를 사랑해서…. 끝까지 읊어야 해? 알았어….’

전화를 끊고 이불에 들어가 발버둥을 쳤던 밤.

슬이 눈물로 얼룩진 얼굴로 하루를 본다.

‘날 볼 때 항상 그런 식으로 봐왔어?’

하루는 열아홉 평생 느껴보지 못했던 감정이 폭발하는 듯했다.

쾅!

하루는 슬의 얼굴 바로 옆으로 주먹을 내리쳤다. 언제 나왔는지 유미가 놀란 듯 두 손으로 입가를 가리고 있다.

"하루야…."

유미는 울먹거리는 얼굴로 하루를 다음에는 슬을 바라본다.

"사실…. 하루는 그날 이정이랑 아무 일도 없었어…."

하루는 천천히 유미 쪽으로 고개를 돌리고.

"우리 열차 이번 정차할 역은 마지막 역인 정동진, 정동진역입니다."

– 다섯 번째 역 –

공범

하루는 시계를 본다. 4시 30분. 해가 뜨려면 3시간 가까이 있어야 한다.

어두운 밤. 슬과 유미는 하루와 조금 떨어져서 고개를 푹 숙이고 있다. 하루는 휴대폰을 뒤적거리더니 선로에서 기념사진을 찍는 사람들을 뒤로하고 역을 빠져나온다. 슬과 유미도 하루의 눈치를 보며 쫓아간다. 조개구이와 횟집들이 즐비한 거리 사이 골목으로 들어간다. 주머니에 손을 넣은 채 휴대폰을 보며 구불구불한 골목을 한참 걸어가던 하루의 발걸음이 멈춘다. 한옥? 주소를 보니 맞는데 큰 대문에는 아무런 간판도 붙어 있지 않다. 몇 걸음 물러나 집을 다시 보니 기와지붕만 보인다. 하루가 그 집을 사진 찍어 전송한다.

오전 4시 36분 여기 맞아? 간판도 없는데

ㅇㅇ 누구랑 감? 오전 4시 38분

하루는 답을 보내지 않고 걸어오는 슬과 유미를 본다.

왜 착각 속에 살고 있었을까.

생각해보면, 뭔가 붕 떠 있는 이상스런 날들이었다.

하루를 끝내고 누울 때면 오늘 한 일, 한 말들은 약간은 무언가에 취해서 한 것만 같았다. 두 발을 땅에 딱 붙인 채가 아닌 발끝만 살짝 닿을 듯 말 듯 한 상태로. 헬륨이 든 풍선처럼.

그 풍선은 누군가 잡고 있지 않으면 하늘로 사라지듯 하루는 자신의 힘이 아니라 다른 누군가가 그나마 끈이라도 잡고 있어 줘서 날아가지 않았다는 생각이 든다.

오호 답도 안 보내시고. 너 여자랑 갔지? 오전 4시 47분

하루는 귀찮은 듯 답을 보낸다.

오전 4시 50분 잠이나 자

왜 거짓말을 했을까.

착각한 뒤에 거짓말이 시작된 걸까. 거짓말이 먼저고 그 말에 착각하게 된 걸까.

엄마가 오징어 사 오래 오전 4시 50분

하루가 대문의 문고리를 잡고 살짝 밀어보니 그대로 열린다.

기대하지 않고 들어섰던 문 안의 집은 생각보다 고풍스

러웠다. 돌담으로 둘러싸인 마당 구석에는 연못이 있고 ㄴ자 모양으로 된 한옥집이, 그리고 그 옆에 별채가 따로 있었다. 집주인으로 보이는 할머니가 마루에서 내려와 신발을 신고 하루에게 온다. 몇 마디를 나눈 뒤 별채를 안내받고, 할머니가 다시 방으로 들어가는 걸 본 뒤 하루는 문밖에 있는 슬과 유미를 데리러 간다.

"안 오고 뭐 해?"

디딤돌에 신발을 벗고 마루에 올라서서 미닫이문을 열자 넓진 않지만 깔끔한 온돌식 방이 있다. 한쪽 구석에는 옷장이 있고 그 옆에 거울이 달린 화장대가, 맞은편에는 이불과 베개가 가지런하게 있다. 방 안의 또 다른 미닫이문을 여니 싱크대에는 개수대와 전자레인지, 커피포트가 있고 일식집처럼 다리를 넣을 수 있도록 아래가 파여 있는 테이블이 있다. 싱크대 맞은편에는 전통 문살의 커다란 창문이 있다.

"들어가. 화장실은 복도 끝에 있대. 샤워도 할 수 있고."

하루가 다시 마루를 내려와 신발을 신는다.

"해 뜨려면 아직 더 있어야 해. 그때까지 밖에 있기엔 너무 추워. 지치고."

하루는 말없이 서 있는 슬과 유미를 본다.

"들어가."

슬의 어깨를 살짝 짚으며 하루가 지나가는데

"넌 어디 가는데?"

"편의점."

대문 밖을 나서는 하루의 마음이 가볍다.

지난 몇 개월간의 삶이 모두 뒤죽박죽 거짓이 되었는데, 어쩌면 고등학생 시절의 전부가 엉망이 되었는데도 이상하리만큼.

오전 5시 1분 대충 아무 데면 되는데. 땡큐

마음에 여유가 생겼다. 답문이 금방 왔다. 아직도 게임 중인가 보군.

파이팅 오전 5시 1분

미친놈. 피식 웃으며 담배 하나를 꺼내어 입에 문다. 만감이 교차한다.

모든 것이 끝났다고 생각했을 때 그것이 어떤 결과를 가져오든 이제 내 역할을 다 했다고 생각했을 때 밀려드는 감정들.

적어도 기차를 잘못 타지는 않았다는 생각.

목적지를 향해서 온 기분이다.

편의점 냉장고에서 물, 맥주와 소주를 꺼내고, 냉동 음식과 컵라면, 과자 코너에서 몇 가지를 집은 다음에 칫솔을 챙겨 계산한 뒤에 나온다. 도착했을 때만 해도 시끌벅적하던 거리가 조용하다.

파도 소리만 쏴, 하고 들린다. 어두운 바다.

다행이라는 생각이 들었었다.

저 밑에 깔렸던, 보이지 않던 그 무언가가 생각보다 끔찍하지는 않았다.

술김에 여자와 밤을 보내지 않았다는 생각이 하루를 안심시켰다.

겨우 그 정도를 가지고 안심이라니. 겨우가 아니었나 보다. 아직 풀어야 할 숙제가 있다.

신발을 벗고 마루로 올라서던 하루가 유미와 슬의 신발을 물끄러미 본다.

"왔어?"

슬이 기다렸다는 듯 일어난다.

내가 기억을 잃었음에도 불구하고.

유미를 슬쩍 본다.

기억을 잃고 허우적대는 자신을.

볼썽사나운 꼴만 보였음에도 불구하고 흙탕물의 흙이 가라앉을 때까지 기다려준.

더 이상 두려울 것도 창피할 것도 없다. 오히려 다 드러났으니 마음이 편하다.

전자레인지에 냉동 음식을 돌리는데 카톡이 왔다.

한국은 새해겠네. 해피 뉴 이어 오전 5시 15분

동훈이다. 하루는 음식을 테이블에 세팅하고 유미는 쭈뼛거리다 과자봉지를 뜯어 놓는다. 슬은 수저를 찾아오고. 테이블에 앉고 나서 하루는 동훈에게 답을 보낸다.

오전 5시 17분 괌 좋냐?

슬과 유미도 맞은 편에 앉고 슬이 하루를 한 번 보더니 술을 따르려고 병을 들자, 하루가 그 병을 잡아 슬과 유미에게 술을 따른 뒤 자신의 잔에도 따른다.

"지난 몇 개월간 멍청이처럼 굴었던 나를 봐줘서 고마워."

생각지도 못한 말인 듯 슬과 유미가 놀란 눈으로 하루를 본다.

새해는 역시 한국에서 보내는 게 좋은듯.
넌 뭐하냐? 오전 5시 20분

"내 기억…. 그때부터지? 이정이 죽고 나서부터…."

슬과 유미가 대답이 없자 하루는 그럴 줄 알았다는 식으로 고개를 끄덕이며 술을 마신다.

오전 5시 23분 술

하루는 간단히 답을 보내고 말을 잇는다.

"이정이 죽고 나서부터 내 기억이 문제를 일으킨 것이라면, 그 죽음에 대해 내가 책임감을 느끼고 있다고 생각했을 거야. 그렇지?"

슬이 고개를 끄덕인다.

"우리 처음에는 몰랐어. 너랑 이정이 친하다고는 말할 수 없었지만, 어울려 지내는 사이기는 했으니까 죽음에 충격을 받았다고만 생각했어. 기억이 잘못되었을 거란 생각은 하지도 않았었어. 그리고 그게 죄책감 때문이라는 건 더 나중에 깨달았지."

하루가 슬의 말을 곱씹는다.

"죄책감…."

나도 너랑 술이나 마시고 싶다.
여긴 재미도 없고.

오전 5시 27분

"나는 너랑 이정이가 줄곧 그날, 무슨 일이 있었다고 생각했거든. 하루 넌 분명 그 애를 좋아하지 않았는데…. 좋아하지도 않는 여자랑 그런 일이라니 게다가 넌 여자친구도 있었고."

슬이 여자친구라는 말을 작게 한다.

"그래 너…. 여자친구…. 그게 너였는데…."

하루는 금방 울음이라도 터뜨릴 얼굴을 하고 있는 유미를 본다.

유미는 왜 거짓말을 했을까.

"유미한테."

슬도 유미를 한 번 본다. 그리고는 말을 이어간다.

"유미한테 그날 밤 너랑 이정이에 대해 이야기를 듣는데 나 피가 거꾸로 솟는 것 같았어, 내 성격에 가만히 있던 게 신기할 정도로 참았어. 너한테 티 내지 않았어. 너한테 그러면 정말 우리가 끝날 것 같아서…. 하지만 이정이한테는 그러지 않았어, 미워하고 또 미워했어…."

'슬의 눈빛은 알 수 없는 분노가, 유미의 눈빛은 왜 그런지 몰라도 언제부터인가 조롱이 가득 차 있었다.'

그건 내가 잘못 본 게 아니었구나.

"난 네가 왜 죄책감을 가지는지 몰랐어, 술김에 여자애를 그렇게 한 것이 마음에 상처로 남았겠지만 이정이는 널 좋아했으니까…. 아니, 지금 생각하니까 모르겠어…."

슬이 눈물이 그렁그렁한 채로 술을 마신다.

"사실…. 여자가 남자를 좋아한다고 해서 자고 싶어 하는 건 아닐 텐데, 게다가 자기를 좋아하지도 않는 남자랑 더더욱이나 그러고 싶지는 않을 텐데 난 그냥 이정이를 미워하고 싶었는지도 몰라 그리고 감싸주고 싶지 않았던 것 같아. 친구 남자 꼬드겨 기어코 그런 일을 저지른 나쁜 년이라고만 생각했었거든. 체육 시간에 너희 둘을 본 다음부터 이정이가 좋게 보이지 않았으니까."

"미안해."

유미가 손으로 얼굴을 가리고 울기 시작한다.

원래 새해라는 게 그렇잖냐.
지나간 거 곱씹고 머리 뜯으며 후회하는 날.

오전 5시 30분

하루가 동훈의 카톡을 확인한 뒤 슬과 유미를 본다. 유미를 보는 슬도 눈물을 참지 못하더니 옆으로 고개를 돌리고 눈물을 닦아낸다.

"나 샘났었어, 슬이랑 제일 친한 건 나인데 언제부터인가 이정이가 그 사이를 비집고 들어온 것 같아서. 비주얼로 봐도 둘이 잘 어울리잖아. 미웠어. 그리고 나 사실은…."

하루가 유미에게 휴지를 주며 말한다.

"그만해."

사실은 널 좋아했었다는 말을 절대로 듣고 싶지 않다.

좋아했었다. 이정이를

오전 5시 30분

하루는 자신의 빈 잔에 술을 채운다. 카톡을 확인하지 않고 휴대폰을 테이블 위에 엎어놓는다.

“넌 나랑 이정이가 잤다, 뭐 그런 식으로 슬이한테 말하진 않았을 거야. 그리고 너 혼자 본 거라면 슬이 정말이냐고 나한테 묻고 또 묻고 따졌을 테고…. 그 날 너랑 슬이 둘 다 날 본 거야. 그렇지?”

그 말에 유미가 고개를 끄덕인다.

“내가 이정이를 데리고 들어가니 슬은 그 앞에 나타나기보다는 돌아서서 갔을 테고. 하지만 마지막 하나 남은 희망은 가지고 있었어. 자기 눈으로 결말까지 본 건 아니니까. 한 가닥 희망이 있었는데, 유미 네가 그 희망을 놓치도록 놔뒀어. 넌 끝까지 봤으니까.”

자냐 왜 읽다 말아? 오전 5시 37분

유미가 진정하려는 듯 숨을 크게 쉰 뒤, 슬을 보고 결심한 듯 말한다.

“봤어…. 도둑고양이처럼 살금살금 쫓아갔어. 그리고 2층 계단 밑에서 지켜봤어, 왜 그랬냐고 묻는다면 그건 슬을 위한 것도 아니었고 하루 널 향한 마음 때문도 아니었어. 그냥, 궁금해서. 아무런 의도도 없는 단순한 호기심이었어.”

하루는 술잔을 살짝 흔든다.

"정말 나…. 아무 짓도 안 했어?"

하루는 자기의 질문에 멋쩍은 듯이 피식 웃는다. 유미가 고개를 끄덕인다.

"응. 전혀. 너 아무것도 안 했어. 그리고 난…. 아무 말을 안 했고…. 그때 내가 아니라고만 했어도…. 난 핑계를 대고 있었어. 거짓'말'을 한 건 아니니까 내 잘못은 없다고 생각했었어. 아니, 실은 무지하게 찔리면서 그렇게 생각하게끔 나한테 주입시킨 거지, 슬이 오해를 한 거고 그 오해를 풀어주기엔 너무 늦었다고. 하지만 이건 내 잘못은 아니라고…. 그런데 어느 날 갑자기 이정이가 그렇게…. 그리고 하루 너까지 잘못되어 가는 것 같아서…."

유미가 말을 잇지 못하고 고개를 떨군다.

만약 유미가 슬에게 제대로 이야기했더라면, 그래서 그들 관계가 그때까지처럼 순조롭게 흘러갔다면 이정이는 지금 살아있을까?

걔가 그 집에서 나오는 걸 본 다음부터는
마음이 이상한 쪽으로 흘러갔어.

오전 5시 40분

기억나지 않는다. 어떤 얼굴을 하고 있었는지.

불과 몇 시간 전만 해도 생생하게 기억나던 그 얼굴이. 그립다고 착각하던 그 아이가.

기억을 되찾고 착각이 걷히고 진실이 드러나자 거짓말처럼 그 애가 기억나지 않는다.

"내가 이렇게 된 건 내 잘못이야. 멍청하게 그런 걸 착각하고 이정이가 죽어 버리니까 덜컥 겁이 나 나를 보호하기 위해 기억을 지우고 조작하고…. 죄책감은 너희들이 붙여 준 그럴듯한 허울일 뿐이야. 난 그저 나약하고 아무것도 감당하고 싶지 않은 겁쟁이였어."

결국 아무 일도 없었다.

어마어마한 실체가 있을 줄 알았더니 텅 비어 있다. 실체는 없었지만 하루는 자신의 실체는 정확히 알게 된 것 같다고 생각한다.

"나 내가 기억하지 못하는 저 밑바닥이 그래도 생각보다 끔찍하지 않다고 생각했어 몇 분 전까지. 그런데 그마저도 착각이었어. 도대체 지금 숨 쉬고 있는 내가, 내가 맞는 건지, 어떻게 살아온 인간인지…."

나란 인간이 이 정도 밖에 안되는구나,
처음으로 알았어. 그런데 견딜 수가 없더라.

오전 5시 41분

"난 나 자신도 의식하지 못하는 연기를 해온 거라고. 정말 그 애랑 잤다고 생각했기 때문에, 그 죽음이 내 탓으로 돌려질까 봐 무서워서."

하루의 눈에서 눈물이 떨어진다. 그것을 보이지 않으려 고개를 숙이는데 슬이 테이블 위의 그의 손을 잡는다.

"너 죄책감 느끼고 있었어. 연기한 게 아니라 진심으로 그런 감정 느끼고 있었어."

그래서 너한테 얘기한 거야. 좀 덜어내려
내가 너무 쓰레기 같이 느껴지니까.

오전 5시 41분

"유미 말 들으면서 계속 생각했어. 넌 이정이랑 아무 일도 없었는데 왜 기억을 잃었을까, 왜 그 애를 소중한 존재로 생각하는 착각을 했을까…."

슬이 잠시 쉬었다가 하루의 눈을 보며 말한다.

"죄책감이었어."

"그건 네가 믿고 싶은 거야, 내가 그런 사람이었으면 하고 말이야. 잠깐."

하루가 담배와 휴대폰을 챙겨 밖으로 나간다. 카톡 창을 열어 동훈의 메시지를 확인한다.

깜깜한 밤하늘에 멀리 달이 떠 있다.

읽음.

벌레 우는 소리가 들린다.

읽음.

담장 밖과 안은 이렇게 달랐구나.

읽음.

하루는 동훈의 메시지를 잠시 유심히 본다.

하루가 읽는 걸 기다렸다는 듯 동훈의 카톡이 온다.

미안하다….

오전 5시 41분

읽는 동시에 머릿속을 스치는 한 가지 생각.

그랬구나. 슬이 말한 죄책감이란 게 이거였어.

그날 밤 나한테, 아니 처음 이야기를 꺼낸 점심시간 그때부터 동훈이는 죄책감을 덜어냈어.

난 고스란히 받았고 결국 마음 깊숙한 곳에 이정이에 대해 그런 식으로 생각하도록 만들었고.

공범으로.

난 네가 그 정도일 줄은 몰랐다.
정말.

오전 5시 42분

이정이가 죽고 나자 마음속 생각 때문에 죄책감을 느꼈고 결국 기억을 잃었고.

'내 죄책감은 그 애를 그런 식으로 생각했기 때문에….'

기척에 돌아보니 슬이 신발을 신고 있다. 옆에는 하루의 점퍼가 놓여 있다.

"안 들어오길래…."

슬이 점퍼를 들고 하루 쪽으로 걸어온다.

지난 몇 개월간을 슬과 유미는 버텨냈다. 저마다 가슴에 무거운 돌덩이를 안고서 말이다. 하루는 피식 웃음이 난다.

"왜 웃어?"

하루에게 점퍼를 건네주며 묻는다.

"얼마 전에 이런 기사를 본 적 있어. 아들보다 딸 가진 부모의 이혼율이 더 높다고. 들어가자 추워."

슬이 신발을 다시 벗으며 묻는다.

"왜? 뭔가 불쾌하다."

한결 밝아진 얼굴로 들어오는 슬과 하루를 보자 유미는 안도의 한숨을 쉰다.

"유미야. 딸 있는 집이 이혼율이 더 높다고 하루가 그러는데?"

그 말에 유미가 하루를 본다. 하루가 자리에 앉으며

"미리 불쾌해하지 마. 그런 얘기 전혀 아니야. 엄마 뱃속에 있을 때 아들의 유산 확률이 더 높대 스트레스를 견디지 못해서. 상대적으로 딸은 더 잘 견디고. 그런데 그 스트레스라는 게 부부의 문제가 될 수도 있는 거잖아. 세상에 나와 보니 엄마, 아빠가 문제가 있어, 그러다 나중에 이혼으로 이어질 수 있는 거고. 부부가 문제 있는 집에서는 아들은 세상 빛도 못 보니까 당연히 그럼에도 불구하고 세상에 나온 딸이 있는 집 이혼율이 높은 거지."

슬이 고개를 끄덕인다.

"하여간 남들이 알고 싶지 않거나, 세상을 살면서 전혀 쓸모없는 정보 따위는 잘 안다니까."

하루가 슬과 유미의 잔에 술을 따른다. 그리고 턱을 괴며

"하고 싶은 얘기는 그게 아니었어. 이정이에 대한 너희 마음도 벅찬데 휘청거리는 나까지 잡아준 그 강한 멘탈에 경의를 표하고 싶었어."

슬과 유미가 이건 또 뭐냐는 듯 하루를 보자.

"진심이야."

하루가 술잔을 들고 부딪치자는 의미로 고개를 까딱하자 슬과 유미가 술잔을 부딪친다. 한 모금을 마신 뒤 동훈이와 이야기하던 카톡 창을 연다.

또 한 사람.

죄책감을 가지고 지금까지 버텨온, 그나마도 하루에게 기대어 그 무게를 덜 수 있었던.

하지만 이정에 대한 그 감정은 덜었으나 오히려 하루에 대한 죄책감으로 또 하나의 돌덩이를 지닌 동훈. 이젠 그 마저도 덜어주려 한다.

오전 5시 47분

한국 오면 한잔하자.
이제 우리 합법으로 ^^

평소에 보내지 않던 웃는 얼굴 이모티콘을 보낸다.

저거 하나면 마음속 돌덩이가 풀릴 것이라 생각하며.

역시나 동훈에게서 활짝 웃는 이모티콘이 왔다. 됐다.

“예전에 만화책을 보는데 상당히 반항아적인 기질이 있는 고등학생 남자애가 이런 말을 해. 왜 세상이 자기를 삐딱하게 보는지 모르겠다고. 자기는 그저 똑바로 봤는데 세상이 삐딱한 것이라고. 그런데 나 그때 그 생각했어. 좀 삐딱하면 어떠냐고. 걔가 엄청 멋있거든.”

누군가의 돌덩이를 걷어내 줬다고 생각하니 마음이 편하다. 조금 편해져도 괜찮겠지.

“어떤 타입인지 딱 알겠네. 키 크고 마른 몸에다가 머리는 살짝 길겠지? 캔디에 나오는 테리우스처럼 말이야. 어떻게 시대가 변해도 여자애들은 테리우스 타입을 좋아하는지. 냉정하게 따져보면 되게 별로인데.”

그 말에 유미가 코웃음을 친다.

“그래도 읽긴 읽었나 보다?”

“우리 형. 평생 책 읽는 걸 본 적이 없는데 모르는 건 없어 무슨 장르든. 만화책은 모든 장르를 섭렵. 덕분에 나도 좀 봤고. 하여간 희한한 인간이야.”

하루가 고개를 흔든다.

"그래도 S대잖아 게다가 수석 입학."

"그게 제일 미스터리야. 어쨌든 맨날 장미나 키우던 안소니도 밥맛이지만 테리우스도 어이없어 여자애들이 좋아하는 거 보면."

"남의 첫사랑 모독하지 말아라. 실제 남자 사람을 좋아하기 전에 내가 가장 좋아하던 남자였으니까. 어쨌든 네 말대로 그 만화책 남자애도 테리우스 같은 스타일이었어. 삐딱하니까 더 멋있어 보였고…. 그런 애들 특징 중 하나가 세상 미워하기 플러스 자아비판이잖아. 그런데 세상을 좀 미워하면 어때, 라는 생각이 들더라. 꼭 좋아해야 되나?"

꼭 좋아해야 되나…. 하루는 슬의 마지막 말을 곱씹는다.

정슬답다. 정슬다운 게 뭔지 잊어버렸었는데 잊었는지조차 몰랐는데 이런 것이었구나. 앞에 앉아 있는 슬을 보니 웃음이 난다.

"격언이 유행하는 시대. 삶을 사랑해야 한다고, 긍정적으로 살아야 한다고 그동안 강요받아오긴 했어. 그런데 슬아, 냉정하게 따져가며 이런 부분은 사랑하고 이런 부분은 미워하라고 조목조목 가르칠 순 없잖아."

"삶은 총체적인 거니까 부분부분 따질 수는 없겠지. 내 말은 방법이라도 알려달라는 거야. 어떻게 사랑을 하라는 건지, 절망에 빠져도 다시 일어날 수 있는 그 방법을 가르

쳐줘야 하잖아? 내가 볼 때 다들 그렇게 살아야 한다니까 대충 그런 척하면서 사는 거야. 그러다 문득 남들처럼 내가 살지 못한다고 느낄 때, 그런 모습이 거울로 또는 남들에게 비쳤을 때 이 세상의 낙오자라 생각하면서 죽는 거 아니겠어?"

마지막 말에 분노 섞인 안타까움이 묻어난다. 유미의 얼굴에서도.

우리는 한 사람을 생각하고 있다.

죄책감 때문만은 아니다.

"계속 생각해봤어. 도대체 왜 죽었을까."

하루는 담배를 문다.

그래 결국 우리가 하고 싶었던 이야기.

"생각하고 또 생각했어. 처음에는 이정이가 자기를 좋아하지도 않는 남자랑 하룻밤을 보낸 게 괴로워서였나 생각했어. 그런데 둘이 아무 일도 없었다니 그건 아니고. 그러면 유미가 둘을 봤다는 걸 이정이가 알아서 그랬을까. 그런데 그것도 아니야 이정이 몰랐어. 유미가 알고 있는 것도, 내가 알고 있는 것도 걔는 몰랐어. 게다가 아무런 실체도 없는 일을…."

답답함에 머리를 넘기던 슬이 뭔가 생각났다는 듯 하루를 본다.

"혹시 소문 같은 거 있었어? 99계단. 동훈이가 말해줬다며 너한테. 그런 소문 돌았냐고 남자애들 사이에서."

하루가 고개를 젓는다.

"소문 없었어. 동훈이는 나한테만 말했어. 그건 확실해."

"그걸 어떻게 믿어 너는?"

슬이 따지듯 묻는다.

"그 자식이 내 마음에만 심어놓은 거니까. 난 고스란히 받았고. 다른 누군가에게도 심어놓았다면…."

하루의 얼굴을 본 슬이 고개를 돌리더니 한숨을 쉰다.

"내가 이렇게까지 되지 않았을 거야. 나한테만 심어놓은 거라 내가 이 지경이 된 거지. 그러니 동훈이 의심하지 마."

하루가 피식 웃으며 술을 마신다. 이내 웃음기가 없어진다.

왜 죽었을까.

하루는 테이블이 모서리를 바라보며 이정이 죽기 며칠 전을 생각한다. 하루는 슬과 유미의 얼굴을 찬찬히 본다. 돌이켜보면 오해하고, 마음 졸이며 미워하고 지내던 날들이었다.

그럼에도 불구하고 그들은 목요일 7시면 슬의 집에 모여 함께 있었다.

그날도.

이정은 소파 아래 앉아 있었고 유미와 하루는 소파에, 슬은 냉장고에서 캔맥주를 꺼내왔다.

"단순할 줄 알았거든 그 시대는. 그런데 그 시대에도 자살했다고 하니까 아 그렇구나, 거기도 여기처럼 사람 사는 것 다 똑같다는 생각이 들더라."

"나도 그거 재밌었어. 새드엔딩이 마음에 들었어. 고전 소설 공식 중 하나가 해피엔딩인데 제법인데라고 생각했지."

"문제는 틀려놓고 제법이랜다. 너 그거 하나 틀려서 등급 내려간 거 알지? 좀 더 공손한 태도를 보여야 한다고 생각하는데."

하루가 슬을 놀리듯 말하자 슬은 그런 하루를 보며 고개를 절레절레 흔든다.

"등급에 갇혀 사는 그 쪼잔한 태도를 좀 고쳐야 한다고 생각하는데요. 이하루 씨. 그런데 그거 어디부터가 꿈이지?"

"이러니까 틀린 거야. 제대로 공부를 안 했어."

하루가 또 슬을 놀리듯 말하며 슬이 했던 것처럼 고개를 흔든다.

"이 진사? 김 진사?"

유미가 답한다.

"김 진사."

"아 맞아. 김 진사가 그 안평대군 살았다는 그 궁에 가서 술을 마시고 잠이 들잖아. 그리고 꿈속으로 들어가는 거지. 이렇게 단순한걸."

술이 고개를 갸웃한다.

"아닌데…. 술 마시고 잠든 상태에서 운영이랑 그 남자애 누구지? 미소년? 걔를 만난 게 아니라, 술 마시고 잠들었다 깨어나서 만난 거잖아."

슬의 말에 유미가 고개를 갸웃거린다.

"하루 말이 맞지 않아? 잠들어서 꿈으로 들어가니까 몽."

텔레비전을 켰는데 국도에서 버스가 추락한 뉴스가 나오고 있었다. 다른 채널을 돌리니 긴급 속보로 쇼핑몰 화재 사건이 나오고.

"온통 죽는 얘기뿐이네."

슬이 리모콘의 채널 변경 버튼을 계속 올린다.

"자연사로 죽는 게 힘들구나…."

이정이 슬에게서 맥주를 받아들며 말한다.

"늙어서 온몸이 천천히 순환하면서 자연스럽게 죽는. 그리고 부모가 먼저 죽고 그다음이 죽는 그 순리가…. 쉬운 게 아니구나. 있잖아, 어느 역인지 모르겠는데 지하철역 벽 간판에 그런 말이 쓰여 있었어. 할아버지가 죽고 아버지가 죽고 아들이 죽으리라. 그러면서, 아, 했지. 저게 바로 순리구나."

그날따라 이정이 말이 많았다. 이 정도가 많은 것이었다. 있는 듯 없는 듯 조용한 아이였으니까.

아니, 그날이어서, 그렇게 되기 전 마지막으로 모인 것이기 때문에 그 애가 그날 한 몇 마디 말이 많았다고 기억하는지도 모르겠다.

"아! 사과."

이정이 부엌에서 사과를 가져오고 슬이 맥주를 한 모금 마시더니 말한다.

"우리 사촌 언니 많이 아프잖아. 정말 건강했는데. 운동도 열심히 하고. 술, 담배 이런 것도 안 했어. 다들 기가 막혀 하지. 우리 이모는 패닉 상태고. 게다가 얼마 안 남았다고들 말하니. 그런데 그렇게 말하면서도 완전히 받아들이고 있질 못해 그 사실을. 정말 언니가 잘못될 때까지는 아무도 받아들이지 못할 거야. 그 앙상한 몸을 보면서, 까맣게 된 얼굴을 보면서도 한 가닥 희망은 있는 거거든. 아이러니야. 언니를 화장해야 할지 매장해야 할지를 의논하면서도 한구석에는 희망을 가져."

슬의 눈에 얼핏 눈물이 고이자 하루가 머리를 부빗거렸다. 이정이 사과를 깎는다.

"그런 생각 했어. 나쁜 일이 생길 때면 그럴만한 이유가 있다고 생각했거든. 좋은 일이 생기려 하는구나, 액땜하는구나, 나를 성장시키려 하고 시련을 이길 힘을 만들어주시는구나, 같은 꿈같은 소리를 했지. 좋은 일이 생길 때면 또 그런 생각을 해. 왜 너네 할머니 한창 병 악화되셨다가 자연 치료받으면서 좋아지셨잖아."

슬이 유미를 보며 말한다.

"기적이었지."

유미가 대답하며 이정의 사과를 받아든다. 이정은 슬과 하루에게도 사과를 건넨다. 예쁘게 깎은 사과. 달았다.

"그러면 착하고 성실하게 살면 다 그 복이 오는구나, 권선징악 옛말 틀린 거 없다며 할머니 같은 소리나 하고. 그런데 우리 언니 아프고 나서 보니까 그 말 다 헛소리라는 거지. 그러면 우리 언니는 악하게 살아서 그런 병이 왔다는 논리가 성립되어야 하는데 그건 또 아니거든."

슬의 이야기를 들으며 어느 정도 공감을 했고 다들 사과를 우적우적 씹어 먹었다.

"사과 진짜 달다. 오히려 나쁜 짓 한 사람들 잘 먹고 잘 살고. 그래서 내린 결론이 인생 복불복이라는 거야. 팔자라는 게, 운명이라는 게 없는 건 줄 알았는데. 운명이라도 이겨내고 거스르며 사는 뭐 그런 말들 하잖아. 그런데 아니야. 못 이겨. 비껴가지도 못해. 내가 어쩔 수 없게 만들어버려. 할 줄 아는 게 아무것도 없는 거로 만들어버려."

그때 이정이 두 번째 사과를 깎다가 손을 베었다.

"아우 아프겠다. 잠깐만."

슬이 텔레비전 옆에 있는 서랍장 맨 아래에서 구급상자를 꺼내왔고 이정의 손가락의 피를 솜으로 닦아낸 뒤 밴드를 붙여주며 말을 이어갔다.

"정말 아무것도 없는 거로 만들어버리지. 의지? 의지가 있으면 말기 암 환자도 살 수 있다는 거? 그런 줄 알았어. 모든 건 환자의 의지에 달렸다고. 내가 할게."

슬이 이정이 깎던 사과를 마저 깎는다. 이정과는 다르게 사과의 속살까지도 다 깎아내고 있어 하루는 그걸 말할까 말까, 잠시 고민했다.

"그런데 그게 또 반은 맞고 반은 틀려. 그래서 살아난 사람도 있고 아닌 사람도 있거든. 그냥 운이라는 거야."

멀어지는 슬의 목소리.

– 종착역 –

끝과 시작

다시 들려오는 목소리.

“무슨 생각을 그렇게 해? 바로 앞에서 불러도 모르고.”

슬이 새 소주의 뚜껑을 열더니 잔에 따른다.

“나 때문일까?”

“뭐가?”

유미도 슬을 본다.

“내가 자기 미워하니까 그거 견딜 수 없어서…. 말했잖아, 이정이가 널 좋아하는 것 같았다고…. 게다가 하루 너랑 그런 일이 있었다고 알았으니까. 난 그 애를 미워할 수밖에 없었어. 미워하고 싶어서 미워했어. 너한테는 헤어질까 봐 불안해서 그 얘기 꺼내지도 못하면서 이정이만 죽어라 미워했어.”

슬의 말에 유미는 다시 죄인처럼 고개를 숙인다. 하루가 고개를 젓는다.

“아니야. 너 이정이 미워하지 않았어. 아니 미워하더라도 미워하기만 한 건 아니었어. 내가 무슨 말을 하는 건지 잘 모르겠는데 어쨌든 그래. 그리고 이정이 몰랐어. 네가 자기 미워하는 거."

그 말에 슬이 하루를 놀란 눈으로 본다.

"나 믿어. 이정이 몰랐어. 나랑 헤어지는 거 두려워서 나한테 그 얘기 꺼내지도 못했듯이 너 이정이한테도 그랬어. 사이 멀어질까 봐 이정이한테도 티 안 냈어. 미안해. 미안하다…. 그날 내가 이정이 데리고 들어가지만 않았어도 네가 괴로울 일도, 그리고 유미 네가 힘들어할 일도 없었을 텐데."

그 말에 유미가 고개를 젓는다.

"아니야…. 아니야 하루야…. 내 마음에 씨앗이 있었어, 그게 그날 싹이 튼 거야."

슬이 유미의 어깨를 감싼다.

"그만하자…. 이러다가 너까지 잘못될까 봐 나 겁나."

"잠깐 나갔다 올게."

하루가 일어서는데 슬이 테이블에 놓인 담배를 들며 말한다.

"그냥 여기서 해. 자꾸 나가지 마. 불안해."

유미가 자기도 그렇다는 듯 고개를 끄덕인다. 하루는 다시 앉는다.

"자살…. 이었을까. 정말 자살이었을까?"

하루가 라이터를 켰다 껐다 하며 담배에 불을 붙이진

않는다.

“무슨 말이야?”

“자살인지 사고인지 흐지부지 끝났잖아. 유서가 있어서 자살이라고 했지만, 그 유서라는 게….”

“사고라고 생각하는 거야?”

하루는 고개를 젓는다.

“모르겠어. 분명 죽고 싶은 마음은 있었을 거라 생각해. 그렇지만 죽고 싶은 마음이 있는 거랑 정말 죽는 거랑은 그사이에 간격이 나는 꽤 있다고 생각을 해. 만약 그 간격이 없다면 세상은 늘 자살자들로 넘쳐나겠지. 죽고 싶다는 생각이 드는 동시에 바로 죽는다면 정말 거기가 지옥이 아닐까….”

슬의 눈에는 어떤 의지가 담겨 있다. 그 눈을 부릅뜨고 하루와 유미를 향해 말한다.

“거기 올라갔으니 죽고 싶은 마음이 있었다고 생각하는 거지? 왜? 그냥 올라갔을 수 있잖아. 사람이 그럴 때 있어. 평소에 전혀 하지 않는 행동을 하는 거. 그렇다고 그게 죽고 싶어 하는 거라고 연결을 시킬 필요 없잖아. 지금 이정이가 죽었으니까 다 그렇게 연결 짓는 거잖아. 걔가 왜 죽고 싶어 해야 하는데…. 하루랑도 아무 일이 없었고 내가 저를 미워하는 것도 몰랐다며…. 그럼 왜….”

마지막엔 울먹거리며 말하는 슬을 보니 하루도 마음이 아프다.

"거기 그 자리…. 99계단 그 집이 정면으로 보여…."

그 말에 슬과 유미가 하루를 본다.

"올라가 봤어. 떨어졌다는 그 자리. 만약 다른 자리였다면, 저 멀리 풍경이 보인다거나 운동장이 보여 애들 노는 게 보였다면, 탁 트인 하늘이 보였다면 생각이 달라졌을 거야. 그런데 그 자리는 그 집이랑 산밖에 안 보여. 그리고 또…. 동훈이랑 담배 거기서 피우는 것도…. 거기서도 보이는 게 없지만, 반대쪽에서도 우리를 보지 못할 거라 생각하거든 확실히. 거기서 발을 헛디뎠다고 하면…. 솔직히 난 사람이 그렇게 죽을 수도 있나 생각이 들었어."

"넌 사고라 생각하는 게 싫구나."

"자기 의지가 전혀 없이 어느 날 갑자기, 그럴 마음도 생각도 전혀 없는데 갑자기 그렇게 툭. 그럼 자살이면 좀 낫냐? 이것도 아니야. 얼마나 힘들면 얼마나 괴로우면 스스로 목숨을 끊어."

그 말에 슬이 고개를 돌리며 눈물이 나려는 걸 참는지 눈을 깜빡인다.

"난 어떤 것도 싫다. 자살도 싫고 사고로 그렇게 된 것도 싫어. 둘 중에 어느 게 더 낫냐고 묻는다면 내가 더 나은 쪽으로 생각하면 되지 않나. 경찰이 어느 쪽으로 결론을 내리든 내가 더 잘 안다, 그러니까 내가 생각하는 쪽으로 결론 내려도 상관없다고 생각한 적도 있는데 아니야 선택할 수가 없더라고 대체 누굴 위해서…."

슬이 두 손으로 얼굴을 감싼다. 하루는 그런 슬을 보며 한숨을 한 번 쉬며 담배를 물고 라이터로 불을 붙이는데.

딸깍.

"자살도…. 운일까?"

테이블 위 하루의 라이터를 켰다 껐다 하며 이정이 말했었다.

"뭐?"

네, 계속해서 현장 소식입니다. 지금까지 확인된 바로는…. 줄어드는 텔레비전 볼륨. 순간 주목받은 것이 당황스러웠는지 이정이 어색한 미소를 지었다.

"아니 그냥…. 죽는 것도 사는 것도 다 운이라면 자살도…. 운이지 않을까 싶어서."

"운이 없어서 자살한다는 뜻이야? 그 사람 인생의 운이 없어서?"

슬이 묻자 유미도 그런 뜻으로 이해했다는 듯 고개를 끄덕인다. 그 말에 이정이 고개를 젓는다.

"그런 게 아니라…. 자살도 운이 좋아야 하지 않을까 싶어. 자살했는데 살아남는다면? 정말 죽고 싶었는데 죽지 못했다면…."

이정은 얕은 한숨과 함께 눈을 내리깔고 나지막이 말한다 혼잣말처럼.

"그 마음이 어떨까?"

"보통 자살을 시도했다 살아남은 사람을 운이 좋다고 말했었지. 그런 기사 본 적 있어. 삶을 비관해서 자살 시도를 했는데 구조되고 나서 새 삶을 얻었다는 생각에 씩씩하게 다시 시작하고 열심히 살게 되었다는 그런 내용."

그 말에 하루가 맥주캔을 입에서 떼며 말한다.

"흔하진 않지만 어디선가 들어봤을 법하다고 생각되는 기사네. 왠지 익숙한 스토리라고 해야 하나? 이런 말 하면 굉장히 실례가 될 수 있겠지만 살아남은 사람들은 정말 자살이 절실했을까? 자살을 간절히 원했다면 절대 구조될 수 없고, 돌이킬 수도 없는 방법이 있었을 텐데 말이야…. 이런 말 어디 다른 데 가서 하면 쓰레기 소리 듣겠지?"

슬이 포크로 사과를 집어 하루에게 건네주며 말한다.

"어. 그러니 어디 가서 그런 말 하지 마. 그런데 어느 정도 일리 있는 말이라 생각해. 자살은 아이러니하지만 살고 싶다는 하나의 사인이기도 하잖아. 물론 모두가 그렇다는 건 아니고. 나 이렇게 힘들다, 괴롭다, 누가 좀 구해달라, 나 좀 어떻게 해달라…. 더는 방법이 없을 때 벼랑 끝에 왔다고 생각이 들면 나를 던져서, 내 목숨으로 배팅하는 거라고 해야 하나. 설명하기 힘드네…."

빈 포크를 다시 슬에게 주며 하루가 말한다.

"배팅…. 틀린 말은 아니네. 목숨을 거는 거니까. 정말 죽고 싶기도 하지만 한편으로는 괴롭게 하는 그 무언가가 해결되면 살고 싶기도 한…. 살아남았을 때 그 사람의 절박함과 괴로운 심정을 진심으로 이해하고 주변 사람들이 도움을 준다거나 할 수 있지만 그대로 죽어도 상관은 없는…. 어쨌거나 절망적이라는 거네."

"그래…. 그렇게 절망적이고 괴로워 죽겠는데, 정말 죽으려 했든 목숨을 걸어 배팅해서 그래도 살아보려 했든 어쨌든…. 거기에 대고 자살을 거꾸로 하면 살자이니 열심히 삽시다, 죽을 용기가 있으면 그 용기로 살아보세요. 이렇게 말하니까 더 힘들지 않을까 싶어. 만약 내가 죽고 싶어 죽겠는데 어떤 사람이 저런 말을 하면 개소리하지 말고 알지도 못하면 그냥 닥치라고 할 것 같아."

슬의 말에 이정은 살짝 웃고 하루는 한숨을 쉰다. 한숨 쉬는 하루를 향해 왜, 라고 묻는 슬을 유미가 부러운 듯 바라본다.

"넌 좋겠다."

"뜬금없이? 맥주 다 떨어졌다."

빈 맥주캔들을 하나하나 흔들어보며 슬이 입맛을 다신다. 하루가 맥주캔들을 찌그러뜨려 봉지에 넣으며 말한다.

"배부른데 좀 쉬었다 하자. 이따 소주로 바꾸든가. 사과를 너무 먹었어. 음악 튼다."

하루가 응접실 한쪽 구석에 있는 60년대식 독일 그룬딕의 빈티지한 대형 콘솔 오디오 쪽으로 간다.

"피아노 음악으로. 나 하루가 휴대폰 연결하기 전까지 저거 레코드로만 들었잖아."

"예, 예."

"나도 슬이 부러워…."

이정이 그 말을 하고 쑥스러운 듯 고개를 숙인다.

"넌 왜? 넌 이쁘잖아."

이해 못 하겠다는 말투로 유미가 말하자, 슬은 하루를 보며 '얘네 뭐래는 거야'라는 표정을 짓는다. 하루도 모르겠다는 듯 어깨를 으쓱하고. 유미가 잠시 눈치를 보더니 말을 잇는다.

"난 네가 거침없이 말하고 행동하고 그게 예쁘기 때문이라고 생각했어."

슬은 자기가 지금까지 깨닫지 못했던 큰 잘못을 이제 깨달은 사람처럼 표정이 굳어진다. 하루는 그런 슬을 슬쩍 보고 무슨 말을 하려다 입을 꾹 다문다. 어떤 의미의 말인지 이해했지만, 그것을 서로가 오해하지 않게 표현할 자신이 없다. 괜히 나섰다간 난처해질 게 뻔하다. 슬도 말을 하려다가 입을 다문다. 유미가 말을 계속 잇는다.

"난 속 시원하게 무슨 말을 하고 싶지만 참아. 밤에 잠자리에 들면 그때 하고 싶었던 말을 할 때도 있어…. 아무도 듣지 않으니까…. '참지 말걸'이라고 후회해본 적은 없어. 내가 참은 이유는 나 자신도 상대와 똑같아 지고 싶지 않다, 조금이라도 인격적으로 성숙한 내가 참아야지 하는 고상한 이유가 아니야."

"그럼?"

슬이 눈치를 보며 묻는다. 도대체 하고 싶은 말을 참는 것과 자신이 예쁜 것과 어떻게 연결을 시켜야 할지 도무지 모르는 눈치다. 유미가 말을 계속한다.

"성격도 안 좋다고 말할까 봐. 성격이라도 좋아야지 뭐 그렇게 생각할까 봐…. 난 그 말을 듣기 싫어서 참는 거야."

다들 아무런 대꾸를 하지 않는다. 유미가 피식 웃는다.

"또 하나, 참지 않고 다다다다 쏟아 냈을 때 내 외모가 더 부각될까 봐. 그러니까 그런 일들로 눈에 띄는 게 싫어. 나를 쳐다보는 게 싫어. 그리고 그걸 혹시나 콤플렉스로인한 히스테리쯤으로 여겨지는 것도 싫고. 그래서 슬이 네가 부러운 거야. 이런 걸 생각하지 않아도 되잖아. 애초부터 고민할 필요가 없지. 그리고 그 자신감…. 남이 나를 어떻게 생각하든 할 말은 하는 그 자신감이 부러워."

하루는 유미의 부러움이 그게 다가 아닐 거라 생각한다. 가장 부러운 건 틀림없이 슬의 외모일 것이다. 그렇지만 친구 간에도 정확하게 딱 짚어 예쁜 얼굴이 부럽다는 말은 쉽게 나오지 않으리라는 것도 안다.

슬은 그런 유미를 가만히 바라보다 피식 웃는다.

"별소리를 다 듣겠다. 난 그냥 성질머리가 더러운 거야. 할 말 못하면 집에 가서 왜 그 말을 못했지 하면서 씩씩거릴 게 뻔하니까. 말로 못 이길 것 같으면 머리통이라도 한 대 후려쳐야 풀린다니까. 후려쳐야 속이 더 시원할까 휘갈겨야 분이 풀릴까, 이 정도는 고민하지."

그 말에 다들 하루를 본다.

"나 아니거든. 여태 한 대도 안 맞았어. 대단하지 않냐. 정슬한테 맞지 않고 이날까지 버티기 힘든데."

슬이 일어나며 말한다.

"그리고 유미야, 너 정말 모르는 소리 한다. 앞으로 한 십 년 지나면 너야말로 다른 사람들이 다 부러워할걸? 너 피부과나 비만 클리닉 차릴 거라며. 돈은 또 얼마나 벌 거야. 난 벌써 네가 부럽다 야. 나중에 DC나 잘해줘. 이 언니가 비포 앤 애프터 확실하게 찍어줄 테니까. 앉아만 있었더니 찌뿌둥해."

슬이 다리를 쭉 뻗고 서서 허리를 굽혀 바닥에 손바닥을 누르며 말한다. 그 말에 유미가,

"모르는 건 너야. 솔직히 의사가 부럽겠니, 의사 마누라가 부럽겠니. 자기가 고생해서 돈 잘 버는 것보다 돈 잘 버는 남자를 만나 호강하며 사는 걸 더 부러워하지. 사람들이 날 대단하다고 할진 몰라도 부러워하진 않아."

슬이 그 말에 황당하단 표정으로 한 마디 받아치려다 이내 그만둔다.

"슬이 네가 그렇단 얘기는 아니야…. 그러니까 내 말은…."

"알아. 나도 내가 그렇단 얘기는 아니라는 거. 나는 딱 예쁘고 자신감 있어 부럽다 거기까지잖아. 거기까지가 내 얘기고 그다음은 예쁜 애들에 대한 너의 편견을 말한 거지."

유미를 바라보는 슬의 눈빛이 도전적이다. 그러나 그것도 곧 풀어진다.

"우리 이모들 하는 말이랑 별반 다르지 않아. 예뻐서 시집 잘 가겠다. 그 말이잖아. 도대체 예쁘다. 그래서 시집을 잘 갈 것이다. 이 말이 도무지 이해되지 않았거든."

"지금은 이해된단 소리네?"

하루가 끼어든다.

“어. 남자들은 예쁜 여자를 좋아한다, 이 진리에.”

“절대적이고 고귀한 진리지.”

그 말에 슬이 하루를 팔꿈치로 아프지 않게 친다. 하루는 가끔 이런 순간에 툭 던지는 것을 좋아한다. 별로 그렇게 생각하진 않아도 그런 척, 남자는 다 똑같아라는 소리가 나올 타이밍에 일부러 툭. 별나다 싶게 재미를 느낀다.

“쫌! 남자는 예쁜 여자를 좋아하고, 그러니 소위 스펙이 되는 직업의 남자도 당연히 예쁜 여자를 좋아할 테고. 내 입으로 말하기 부끄럽지만 난 예쁘니까 의사 마누라로 뽑힐 확률도 더 높아진다는 거지. 그런데 여기서 새롭게 이해되지 않는 게 생겨.”

“뭔데?”

“시집을 잘 간다는 말. 어떻게 가야 잘 가는 거지? 나름 논리적으로 정리를 해보면 남자들은 예쁜 여자를 좋아하고, 그럼 의사도 예쁜 여자를 좋아하고, 나는 예쁘고, 그래서 난 의사랑 결혼할 확률이 다른 여자보다 높고, 그래서 의사랑 결혼하면 시집을 잘 갔다고 할 수 있는 것. 그런데 의사랑 결혼하면 시집을 잘 가는 건가 싶은 게 내 새로운 질문. 그리고 또 하나. 이 모든 건 편견에서 비롯된 것들이지?”

"무슨 편견?"

"그렇지 않아? 예뻐서 시집 잘 가겠다, 의사 마누라 될 수 있겠다. 이 말 자체가 편견의 엄청난 덩어리잖아. 이 말은 사람을 한 단계 낮춰서 보는 말로 느껴져. 사람을 그 사람 자체로 보지 않는데 그 격을 높이는 게 아니라 격을 낮추는 느낌이야. 게다가 예쁜데 능력은 없는 여자들한테 쓰는 경우가 많고. 외모가 예쁜 건 타고나는 거고 능력도 어찌 보면 어쩔 수 없는 건데 예쁜 여자가 능력이 없는 건 특히 더 깎아내리고 있단 말이야. 그걸 이용하려고 뭔가를 하는 듯, 요상한 방식으로 의사를 남편으로 만들 것 같은 느낌을 줘. 기분 나쁜 말이야 솔직히. 안 되겠다. 하루야."

"갑니다요."

말하다 혼자 흥분하는 슬을 보며 하루가 일어서서 부엌 쪽으로 걸어가며 말한다.

"기분 나쁘다는 거 보니 자기가 예쁜 건 확실하게 인정하는 거네?"

"이하루. 내가 너네들 사이에 껴있어서 나의 성적이 빛을 발하지 못하는 것 같은데 나도 어디 가면 뒤처지지 않거든."

"아 맞다. 문과 4%."

하루가 소주를 들고 오며 빙그레 웃는다.

"계속 놀리네. 오늘 병나발 불라는 거야? 나 이거 마시고 확 돌아버린다?"

"내가 잔 가져올게. 안주할 것도 좀 찾아보고."

이정이 말하며 일어나고 슬은 머리를 묶는다.

"그런데 그 말에는 편견이 또 있어."

"무슨?"

하루가 답한다.

"그 말에는 여자들이 의사 남편을 바란다는 게 암시되어 있잖아. 근데 요즘도 의사가 선망의 직업인가 그건 모르겠지만 어쨌든 그렇다 친다면. 의사 남편을 바라는 그 마음을 마치 속물인 것처럼 말하고 있어. 여자가 의사가 아닌 이상 저걸 바라면 그 여자는 마치 속물에 사랑하지 않는데 오로지 남자 직업만 좋으면 되는 그런 여자처럼 그려지지. 그런데 여기서 내가 드는 의문은, 그럼 안되냐는 거야."

그 말에 슬이 천천히 고개를 끄덕인다.

"그러게. 그럼 안되나. 누구나 이성을 고르는 자기만의 기준이 있잖아. 첫눈에 반했다는 것도 그래. 자기도 모르게 평소에 품고 있었던 이상적인 모습이 있는데 그걸 딱 봤을 때 첫눈에 반하는 거 아니야? 그럼 결국 첫눈에 반했다는 것도 이성을 보는 자기만의 기준이 있다는 거지. 어떤 사람은 그게 외모일 수도 있고, 누구는 키, 누구는 성격…. 그러니 누구는 돈이나 직업일 수도 있는데 그건 왜 속물 취급을 받는 거지? 다른 사람과 마찬가지로 자기 기준을 내세운 건데. 그렇게 생각하는 사람들이 속물이지. 다른 기준이라고 생각하니까.”

슬이 하루의 팔꿈치를 아프지 않게 친다. 하루도 그런 슬의 팔꿈치를 살짝 친다. 슬이 한 번 더 하루의 팔꿈치를 치고 이번에 하루는 그저 가만히 웃는다.

“찰떡같이 잘도 알아듣네.”

“아! 이정아 아일랜드 식탁 아래에 통조림 몇 개 있어. 아니다. 내가 갈게.”

하루는 슬과 이정의 뒷모습을 본다. 무슨 말들을 하는지 슬의 어깨가 살짝 들썩이고 웃고 있는 이정의 옆얼굴이 보인다. 냄비에 물 받는 소리, 도마질을 하는 소리, 슬과 이정의 목소리가 아득하게 들린다.

그리고 바로 옆에서 들리는 것 같은 이정의 목소리.

‘나도 슬이 부러워.’

화려한 불빛 사이, 발랄한 음악에 맞춰 회전목마들이 돌아간다.

흔들린 사진처럼.

슬이 손바닥을 펴 보이며 하루 얼굴 앞에서 몇 번 흔든다.

"회전목마…."

"뭐?"

눈을 감고 있던 하루가 한 손으로 이마를 짚는다.

"너 또 머리 아파? 오늘 유독 심하네…."

일어나 하루의 이마를 짚으려는 슬의 손목을 하루가 잡는다.

"왜 부럽다고 했었지?"

슬이 걱정과 무슨 말인지 모르겠다는 눈빛으로 하루를 본다. 유미를 보지만 유미도 뭔지 모르겠다는 듯 고개를 흔든다.

"이정이가 너 부럽다고 했잖아. 유미가 너 부럽다고 말했을 때 이정이도 그 말 했어. 왜 그런 거야? 우리 마지막으로 다 같이 만났던 날, 그날 그랬잖아. 네가 부럽다고. 나 또 잘못 짚은 거야? 사실은 없던 일에, 오가지도 않은 말인데, 내 머릿속에서 있었던 거야?"

슬이 무슨 이야기인지 알겠다는 듯 다시 앉는다.

"아니야. 부럽다 했었어. 그런데 왜 부러운지는 못 들었어…."

슬이 물을 컵에 따라 하루에게 준다. 그것을 마시고 내려놓으며 하루는 컵을 만지작거린다.

"내가 기억한다고 하는 게 기억인지 아니면 내가 만들어낸 허구인지 그것도 아니면 생생한 꿈인지 모르겠어. 회전목마 타면서 아니 그거 타는 사람들 보면서 이정이가 부러워했어. 그래서 널 부럽다고 한 것과 그 얘기가 통하나 해서. 그걸 알면 왜 죽었는지 조금은 알 수 있지 않을까 해서…. 중요하게 느껴졌거든."

"너랑 이정이랑 회전목마를 왜 타?"

유미가 의아한 듯 묻는다.

"탄 게 아니라 타는 사람들을 봤어. 롯데월드에서…."

하루는 그날을 다시 떠올린다.

하지만 머릿속 필름은 거꾸로 돌아간다.

화려한 불빛은 꺼지고 음악은 더 이상 들리지 않으며 회전목마는 멈춘다.

목마에 탄 사람은 아무도 없다.

"나는 분명…."

입술을 뗀 뒤 보았던 이정의 눈물이 모두 사라진다. 그리고 이정이 사라진다.

'난 회전목마를 보고 있으면 내가 평범한 것처럼 느껴져….'

손을 잡고 걸었던 자신들의 뒷모습이 사라진다.

'저렇게 목마를 타면서 아래에서 기다리고 있는 엄마한테 손을 흔들고 있는 아이를 보면 그런 생각이 들어.'

마주 보며 웃었던 이정의 얼굴이 희미해진다. 트레비 분수에는 아무도 없다.

'정상적이면서도 평범한. 순수하고 완전한…. 그런 사랑을 하고 싶어.'

컵을 잡고 있는 하루의 손을 슬이 잡는다.

테이블에 놓인 슬의 휴대폰에 사막여우 고리가 보인다.

"하루야…."

"너랑 갔던 거야? 나 너랑 회전목마 본 거니 슬아? 그런 거지? 그런데 내가 지금 그걸 이정이랑 했다고 착각하고 있는 거지?"

슬은 고개를 젓는다.

"아니…. 간 적 없어."

하루가 슬의 휴대폰을 들어 보이며 말한다. 머리를 찌르는 듯한 두통이 밀려와 겨우 참으며 말을 한다.

"이건? 너랑 나랑 커플 아이템으로…."

그렇게 말하며 하루는 자신의 휴대폰을 보는데 거기엔 아무것도 달려 있지 않다. 하루가 머리를 감싸 쥐고 한숨이 섞인 신음 소리를 낸다.

"어떻게 전혀 연관성도 없는 일들이 머릿속에서 재생될 수 있냐고…. 찍지도 않은 필름들이 돌아갈 수 있냐고! 이게 미친 거지 뭐야."

슬이 그런 하루를 딱하다는 듯 본다.

"인생의 회전목마…."

"뭐?"

하루가 고개를 들고 유미도 슬을 본다.

슬이 하루 휴대폰을 들고 패턴을 푼다. 그리고 나오는 피아노 음악.

"너 그날 음악 틀었잖아. 기억나?"

"〈하울의 움직이는 성〉…. 이걸 듣고 내가 그 망상을 했다고? 몇 분짜리 음악 듣고 그것도 귀 기울여 들은 것도 아닌 이 음악을 듣고 내 머릿속에서 멋대로 망상을 해서 만들어냈다고? 이러나저러나 내가 미친 건 확실하네."

하루가 일어나 문을 열고 밖으로 나간다. 찬바람이 들어오자 유미가 몸을 떨더니 어깨를 감싼다.

"이해가 안 돼…. 왜 하루가 이 음악을 듣고 그런 생각을 한 건지…. 하루 정말 괜찮은 거야?"

"너 여기 좀 있어. 나오지 마."

슬이 하루의 휴대폰을 들고 밖으로 나가고 문을 닫는다. 하루는 대청마루에 앉아 양손을 모으고 고개를 푹 숙인 채 있다. 슬이 옆에 앉는다. 하루는 슬을 쳐다보지도 않고.

"추워. 들어가."

"너야말로. 넌 추워도 맨발이더라."

슬의 표정이 장난스러워지더니 하루의 한쪽 발에 자신의 두 발을 올려놓는다. 레깅스 위에 신은 자줏빛 니트 양말이 보인다.

"목도리랑 맞춤이네."

"무겁지?"

하루는 여전히 고개를 숙인 채 천천히 젓는다.

"이정이 죽음에 K가 관련되어 있다고 생각한 거지? 그렇게 생각한 데는 K랑 이정이가 무슨 관계가 있다고 너는…. 아니 둘이 무슨 관계라는 걸 알고 있었던 거지 그것도 아주 확실하게?"

"인형 발 같다. 너무 작아."

하루는 고개를 들지 않는다.

"너 이하루가 김이정의 죽음의 이유가 아니라면 K구나, 라고 직감적으로 단정 지은 거지? 언제부터인지는 너도 모를 거야…. 그렇게 무의식에 파고든 너의 생각에 인생의 회전목마가 더해지면서 머릿속에서 그렇게 된 거지?"

"너 왜 4%밖에 못했냐."

하루가 피식 웃는 것 같다.

"비밀은 너무 무겁고…. 그러면서 이정이 쉽다 생각했고…. 그런데 또 한편으로는 불쌍했지?"

하루가 고개를 젓는다.

“몰라…. 내 죄책감으로 도망가고 싶어서 K랑 엮고 싶었는지도….”

“나 좀 잡아줘.”

슬이 일어서자 하루는 슬의 양쪽 손목을 잡아준다. 슬은 한쪽 발을 하루의 다른 한쪽 발에 올려놓으며 일어난다. 하루는 앉아 있고 슬은 하루의 발을 밟고 그 앞에 서 있는 격이 된다.

“이제 좀 무겁지?”

“아니.”

“이래도?”

슬이 뒤뚱거리며 몸을 움직인다.

“다쳐, 하지 마.”

슬의 얼굴에 장난스러운 웃음이 번지더니 좀 더 몸을 휘청거려본다. 하루는 슬의 손목을 잡아당긴다.

“어어!”

슬이 하루 위로 포개진다.

“하지 말랬지 내가.”

“야! 니들 뭐해. 나 아직도 나가면 안 돼?”

문 안에서 궁금함과 의심, 걱정스러움을 담고 있는 유미의 목소리가 들린다.

슬이 머리카락을 만지며 일어나려 하자 하루가 한 손으로 슬의 등을 감싼다.

"조금만…."

"안 무거워?"

슬은 하루의 가슴에 머리를 기댄다. 하루가 슬의 머리를 쓸며 하늘을 본다.

까만 밤, 아무 소리도 들리지 않는다.

다 같은 어둠의 빛깔이 아니라 하늘에 결이 있다.

빛나는 별들이 물결을 이루며 천천히 흐르는 듯하다.

'고흐가 본 하늘이 이렇게 보였을까?'

무수히 많은 시간이 흐른 것 같다. 슬의 체온이 따스하다.

눈을 찌르는 것 같던 두통이 가라앉고 하늘이 선명하게 보인다.

하루는 눈을 감는다.

사람의 온기가, 그 따뜻함에 치유의 힘이 있다는. 예전 같으면 논리도 과학도 없는 그 말이 마음 약한 사람들이 서로 품어주자고 하는 말이라 생각했는데….

"진짜 그러네…."

"응?"

"아니야."

"야! 왜 아무 소리도 안 들려! 니네 뭐하고 있어. 거기서!

나 나간다!"

문에 바짝 대고 소리를 지르는 유미의 목소리에 슬은 웃음이 터져 나와 고개를 들고 하루를 보며 말한다.

"우리가 뭐라도 하는 줄 아나 봐. 막상 나오지도 못할 거면서. 정말 나왔다가 뭐라도 하고 있으면 못 볼 꼴 보는 건 자기니까."

하루는 웃지 않고 슬을 바라본다.

"뭐야 너."

슬이 고개를 들더니 하루를 밉지 않게 흘긴다.

"이제 정말 뭘 해도 되는 나이 아닌가. 열아홉도 아닌 스물인데."

"여태 뭐 안 한 사람처럼 말하네."

하루가 슬의 머리칼을 넘겨주며 진지하게 말한다.

"선을 넘어도 되지 않나 싶어서. 이제는 진짜로 하고 싶어."

무슨 말인지 몰라 아니 알면서도 다시 그 뜻을 생각하느라 미간을 찌푸리고 생각하는 슬을 보며 하루가 웃는다.

"너 뭘 생각한 거야? 난 스무 살 정슬이랑 진짜로 연애하고 싶다는 건데."

"……."

"껍데기뿐인 날 붙잡고 있는 거 그거 연애 아니었잖아. 여기 벚꽃도 없고 전혀 고백하기 좋은 분위기도 아니고 우리

이 자세도 이상하지만, 긍정적으로 생각해줬으면 하는데."

그때 그 분리수거장.

우중충한 벽돌 건물 뒤. 한쪽에는 쓰레기가 잔뜩 쌓여 있는 곳에서 주머니에 손을 넣은 채 고백을 하는 키 큰 남학생과 절대 안 넘어간다는 표정으로 팔짱을 끼고 올려다보는 여학생이 있다. 남학생이 고갯짓으로 옆을 보라고 하자 벚나무에 꽃이 흐드러지게 피어 있다. 여학생은 팔짱을 풀고 말한다.

'좋아.'

남학생은 주머니에서 손을 빼 여학생에게 내민다.

'잘 부탁해.'

바람이 분다. 두 사람 사이에 흩날리는 벚꽃잎.

그 속에서 그 둘은 햇살보다 빛나게 웃고 있다.

"눈 온다."

하루의 말에 슬이 몸을 일으킨다.

"이제 나와도 돼!"

말이 끝나기 무섭게 유미가 대청마루로 나온다. 잔뜩 못마땅한 얼굴이다.

세 사람이 나란히 앉아 눈 오는 것을 본다.

소리 없는 눈은 앙상한 나뭇가지에 내려 앉아 꽃을 만들고, 장독대 위를 살포시 덮어 김치 맛을 더욱 깊게 만든다. 낮은 돌담에 쌓여 고즈넉한 풍경을 만들고 백구는 그것을 받아먹고 있다.

“스무 살이 되면 뭐가 대단하게 바뀔 줄 알았는데. 다른 세계로 건너가 변신이라도 할 줄을 알았는데….”

“변신까진 아니더라도…. 뭐라고 설명해야 할까? 미성년에서 성년이 된 거잖아. 앞자리 숫자가 바뀌는 거고. 세상이 바뀌진 않더라도 나는 대단하게 변할 줄 알았어. 그래서 기대도 하고 걱정도 많이 했는데.”

“해도 되는 것들이 많아지고. 이것도 해보고 저것도 해봐야지 했는데 막상 해도 된다고 하니까, 주변에서 할 수 있다고 응원해주니까 시시해지더라. 그런 걸 보니 진짜 하고 싶었던 건 아닌가 봐.”

“수학 여행 가기 전까지 엄청 설레고 기다리다가 막상 가니까 우르르 몰려다니면서 여기 갔다 저기 갔다 재미없어지잖아. 집에 가고 싶기도 하고 애들 몇 명이랑 빠져나가고 싶기도 하고 딱 그런 기분이야.”

“고작 한 살 더 먹는 거야. 우리가 19년 동안 전혀 의식하지 않고 자연스럽게 해오던 거. 잘하고 말 것도 없이 그냥 아무것도 안 해도 저절로 흘러가던 거."

"아 그러셔?"

슬이 하루를 보며 장난스레 웃는다.

"세상에 공평한 게 무엇이 있을까 생각하면 그건 바로 시간이 아닐까. 누구에게나 하루는 24시간. 일 년은 365일. 그걸 다 살아내면 또 한 해가 지나고."

말로 표현하기 힘든 풍경들이 있다.

밤이 깊어야, 어두워야 잘 보이는 별들.

그 별들이 오늘은 하늘에 무수히 박혀 있다.

떨어질 것 같은 별들이 아니라 저 자리에서 끝까지 남아 있을 그런 별들이.

"고대 사람들은 별이 불멸의 존재인 줄 알았다는데?"

그 말에 유미가 '그게 아닌데'라는 표정을 짓는다. 그 표정을 보고 하루가 웃는다.

"이과 1등한테는 말도 안 되는 소리지. H쌤이 이런 헛소리나 하라고 지구과학 시간에 열변을 토한 건 아닐 테니까."

슬이 하루처럼 하늘을 올려다본다.

"사람들은 저 별들을 이어 전설을 만들고 지금까지 이야기하고. 그러고 보면 사람들은 말하기를 참 좋아해. 이야기를 만들고 꾸며내고. 작가만 그런 것들이 아니라 모든 사람들이 그러잖아."

우주가 무한한 만큼 별 또한 무수히 많고, 이야기도 무수히 많다.

이정이 이야기도 무수히 많은 이야기 중 하나가 될 수 있을까?

평범하게 말할 수 있는 날이 올까 우리에게?

"아. 전설 하니까 궁금한 게 있는데 네 전설의 노트는?"

슬이 유미에게 묻자 하루도 궁금하다.

"그거? 자치회 2학년 부장한테 넘겼는데? 걔가 아마 단체 카톡방에 스캔해서 다 올렸을 거야."

"그렇게 쉽게?"

유미가 무슨 말인 줄 모르겠다는 얼굴로 본다.

"그 전설의 노트 법칙이 있었잖아. 복사도 안 되고 네가 보는 앞에서 다 봐야 하고. 그래서 그 노트 한 번 보려고 애들이 애걸복걸했다고…."

그 말에 유미가 웃는다.

"한 번도 빌려 달라는 애 없었어. 그런 말은 더더욱 한 적도 없고."

하루가 슬을 보며 어깨를 으쓱한다. 그걸 보고 슬도 어깨를 으쓱한다.

"역시 전설은 결국 진짜가 무엇인지 알 수 없게 된다니까."

"그거 한 번 보려 했던 애들은 허무하겠다. 이렇게 쉽게 볼 수 있었던 건데.”

하루는 그 노트를 보려고 유미 주위를 얼쩡거리며 애를 썼던 동수를 떠올리며 피식 웃는다.

천천히 내리는 눈.

하늘에 박힌 듯 그 자리에 있는 별들.

이 모든 게 나에게, 우리에게 주는 선물 같다. 우리를 위해 존재하는 것들 같다.

별은 착하니까.

이렇게 엉망이고, 혼란스럽고, 어설프고, 한없이 흔들리고, 말도 안 되는 소리들을 하며 살아가는 우리에게 ‘괜찮아, 다 그래’라고 말한다.

“무슨 생각해?”

슬이 묻는다.

“말도 안 되는 생각.”

하루가 대답하며 슬을 본다.

이 애의 어디에서 자기를 잡을 힘이 나왔을까.

한 손에 쉽게 잡히는 가녀린 손목, 자기의 한쪽 발에 온무게를 실어도 무겁지 않은 이 애에게서 그런 강인한 힘은 대체 어디서 나온 걸까.

마음의 힘은 역시 키나 몸무게, 체력과는 아무 상관이 없나 보다.

"얼마나 남았지?"

슬의 물음에 유미가 시계를 본다.

"한 시간 정도 남았어."

그 말에 하루가 심드렁한 말투로 말한다.

"해 뜨는 거 그거 꼭 봐야 해? 난 진짜 아무 관심도 없고, 봐도 감흥도 없을 거야. 해가 뜨지 않는 곳도 없고, 해가 뜨지 않는 날도 없는데 도대체 왜."

그 말에 슬이 고개를 흔들며 자세를 바로 한 뒤 두 손을 모은다.

"짐작에 처음 백지 반 장만치 붉은 기운은 그 속에서 해 장차 나려고 우리어 그리 붉고 그 회오리밤 같은 것은 진짓 일색을 빠혀 내니 우리온 기운이 차차 가새며, 독 같고 항 같은 것은 일색이 모딜디 고온 고로, 보는 사람의 안력이 황홀하여 도모지 헛기운인 듯싶은지라."

"뭐?"

"「동명일기」"

유미가 대신 대답하고 슬이 고개를 끄덕인다.

"그렇지. 「동명일기」 지문 나왔을 때 정말 그런지 보고 싶었거든. 나도 해 뜨는 거 본 적 없어. 안력이 황홀해진다잖아. 도무지 믿을 수 없을 정도로 환상적이고."

"넌 그걸 어떻게 외우고 있어?"

“난 상상했을 때 흐름이 끊기지 않으면 외워져.”

하루가 진심으로 감탄한 표정이다.

“왜 4%밖에 못한 거야 도대체?”

“수학. 수학은 상상이 안 돼. 스토리가 없잖아.”

하루가 슬의 머리를 아프지 않게 톡 친다.

“4%밖에 못한 게 아니라 4% 안에 든 게 신기하네.”

유미가 슬을 보며 말한다.

“그깟 4%가 뭐가 중요하냐 인생을 숫자에만 가두는 편협한 인간들아. 「동명일기」가 아니더라도 새해에 해 뜨는 걸 보는 건 동서고금을 막론한 고귀한 풍습이라 이거야. 해 뜨는 걸 보며 지나간 일을 털어버리고 미래에 대한 다짐도 하고. 이 얼마나 아름답냐.”

“그리고 매년 같은 후회와 같은 다짐을 하면서?”

“그게 인간이다. 이 이과 멍청이들아!”

세 사람은 해 뜨는 시간이 될 때까지 마루에 멍하니 앉아 있다.

슬은 하루의 어깨에 기대 졸고 있다. 슬의 머리가 하루의 어깨 밑으로 내려왔다가 어깨 뒤로 넘어갔다 한다. 하루는 슬이 좀 더 편안할 수 있도록 자세를 고친다. 유미는 기둥에 머리를 기대고 있다.

실체를, 진짜를, 진실을, 숨겨진 그 무언가를 알아내겠다는.

이 둘의 가면을 벗겨버리겠다는 비장한 각오를 하고 기차에 올라탔건만.

그 실체는, 진짜는, 진실은, 숨겨진 그 무언가는 하루의 깊은 내면에 있었고 가면을 쓴 것도 하루 자신이었다.

'제대로, 온전하게 이 땅에 발붙이고 정신 똑바로 차리고 사는 건 생각보다 더 어려운 것이구나. 내가 지금 어디에 있는지, 어디를 향하고 있는지 아는 건 더더욱 힘든 일이고….'

더 깊이 고민하고 생각하고 싶어도 기차에서 마신 많은 술과 목까지 차오를 정도로 먹은 음식들, 잔뜩 긴장한 몸이 풀리면서 한꺼번에 밀려오는 피로와 잠 때문에 그렇게 진지하고 깊이 있는 인간 모드로 들어갈 수 없다는 사실에 하루는 웃음이 난다.

고작….

'생각해야 하는데…. 그리고 이 생각들을 정리해야 하는데….'

하루의 눈꺼풀이 점점 내려오며 생각은 의식에서 멀어져간다.

'오래전부터였어. 타이밍을 보고 있었달까…. 지금이면 괜찮을 것 같아 무섭지 않고….'

하루는 눈을 다시 떠보려 애를 쓰고 고개를 들어보려 하지만 그대로 잠이 든다.

'내가 두고두고 이야기되기를 바랄까, 아니면 신성한 침묵이 되기를 바랄까…. 어쩌면 한 번쯤은 주목받기를 바랄지도 몰라….'

세 사람이 어둡지만 완전히 깜깜하지 않고 청색 빛이 도는 골목길을 부지런히 걸어간다.

"어?"

슬의 낮은 비명에 나머지 둘이 걸음을 멈춘다.

"왜?"

"그림자!"

슬이 자기 그림자를 가리키고 하늘을 본다. 나머지 둘도 하늘을 본다.

"해 떴다."

"내 안력이 황홀해지고 도무지 헛기운이 도는 것 같은 그 느낌은 어쩌라고…."

세 사람의 걸음이 빨라진다.

바닷가의 모래사장. 환하게 빛나는 해.

그 햇빛을 받아 반짝이는 물결.

하얀 거품을 일으키며 밀려오는 파도.

연인들은 바다를 배경으로 셀카봉을 길게 뻗어 사진을 찍고 있다. 또 한쪽에서는 여자가 포즈를 잡으니 남자가 한쪽 다리를 굽히고 한쪽 다리는 뒤로 쭉 뻗어 기묘한 자세로 사진을 찍어주고 있다. 가족으로 보이는 사람들은 돗자리를 깔고 앉아 담요를 둘둘 말고 바다를 바라보고 있다. 그 주변을 뛰고 있는 어린아이와 모래를 병에 담는 그보다 큰 아이. 모래를 푸다 주운 조개를 들고 엄마에게 달려간다.

이 모든 광경을 세 사람은 허무하게 바라보고 있다.

"저…. 사진 좀 찍어주시겠어요?"

셀카를 찍던 커플 중 남자가 다가와 하루에게 휴대폰을 주며 부탁한다. 여자는 이미 사진 찍을 위치에 서 있다.

"아, 예."

남자가 여자 옆으로 달려가 어깨동무를 하자 하루가 커플에게 들리게 하나, 둘, 셋을 외치더니 사진을 몇 장 찍는다. 남자가 다시 달려와 감사하다는 인사와 함께 휴대폰을 가져간다.

"어쨌든 정동진에 온다는 건 해 뜨는 걸 본다는 의지가 있었다는 건데….”

하루가 주머니에 손을 넣으며 말한다.

“이럴 줄 알았으면 그냥 편하게 잘걸….”

유미가 바닷바람이 차가운 듯 팔을 감싸며 말한다. 슬이 유미의 어깨를 감싸며 부드러운 미소를 짓는다.

“인생이란 그런 거다. 해 뜨는 걸 보려고 시간 맞춰 부지런히 걸어가는데 어느새인가 날이 밝아 온 거.”

“졸다가 때를 놓쳤다는 걸 어렵게도 말을 한다.”

하루가 슬을 보며 장난스럽게 웃는다.

“뭐?”

슬의 눈에서 살기를 느낀 하루가 뒷걸음질 치며 말을 계속한다.

“맞잖아. 동서고금을 막론한 세계인들의 고귀한 풍습이라더니 결국 한 시간을 못 참고 졸다가 못 본 거잖아.”

슬이 유미의 어깨에서 팔을 풀더니 하루를 향해 걷는다.

“인간에 대한 이해라고는 파리똥만큼도 없는 자식이 어디 입을 함부로 놀리지 지금? 오늘이 혹시 그날이니? 네가 드디어 나한테 얻어터지는 날!”

하루의 뒷걸음질이 점점 빨라진다.

“잡고나 말하지?”

하루가 싱글거리며 웃는다.

"내가 중학교 때 육상부였다고 말을 했던가?"

슬이 하루를 향해 달리기 시작하자 하루도 앞을 보고 달린다. 슬을 슬쩍 돌아보며 약 올리듯 제자리에서 뛰는 척을 하다 무서운 속도로 오는 슬을 보더니 어랏, 하며 속력을 낸다.

한가로운 풍경 아래 전력질주를 하는 두 사람을 다른 사람들이 한 번씩 돌아보고 쳐다본다.

유미는 그런 둘을 보고 웃는다.

씩씩거리며 뛰는 슬을 한 번씩 돌아오며 하루가 웃는다.

그 웃음이 햇빛에 반짝이는 바다처럼 눈부시다.

하루가 웃자 슬은 눈물이 날 것만 같다.

"너 잡히면 진짜 죽어!"

서평

떠도는 기억의 존재 의식

정래필 (영남대 국어교육과)

떠도는 기억의 존재 의식

- 정래필 (영남대 국어교육과)

이 작가의 소설은 기억과 삶, 존재를 투명하게 연결하지만 그 결말은 늘 비어 있고 독자들에게 빈 공간을 채우도록 한다. 이번 작품 역시 여러 인물들의 기억이 제시되지만, 어느 기억이 옳고 그른가가 중요하지 않다. 다가오는 기억을 받아들이고 새롭게 정리해 삶의 의미를 생성하면 된다. 이 소설을 읽으며 프루스트와 조세핀 테이의 소설이 떠올랐다.

프루스트의 '잃어버린 시간을 찾아서'의 마들렌 과자는 서술자에게 유년 시절의 일을 떠올리게 하는 매개체이다. 감각적으로 우연히 과거의 일들이 다가오면서 서술자는 잃어버린 존재감을 회복한다. 기억은 과거의 사건에 머물러 있는 것이 아니라 현재 주체의 삶에 지속적으로 영향을 미친다. 그것이 사실이든 사실이 아니든.

조세핀 테이의 '진리는 시간의 딸'에는 영국 웨일즈 사람들에게 막강한 영향을 미치고 있는 '토니판디'사건이 등장한다. 웨일즈인들은 토니판디를 '광부들에 대한 군대의 발포'로 기억한다. 사실 당시 죽은 사람은 한 명도 없었지만 지금도 웨일즈인들은 웨일즈 광부들에 대한 '대학살'로 기억한다. 그것이 사실이든 사실이 아니든.

이 작품에 등장하는 세 명의 인물들은 '김이정의 죽음'을 두고 퍼즐을 맞추듯 자신들의 기억을 꺼내놓는다. 각자 가지고 있는 단서를 바탕으로 그 죽음의 비밀을 파헤친다. 그러나 마지막까지 그 죽음의 이유나 원인은 명쾌히 밝혀지지 않는다.

그 사건을 바라보는 인물들의 태도도 전부 다르다. 무진의 안개 같은 기억으로 죄의식과 책임감을 지닌 인물도 있고, 떠도는 소문의 조각들을 이리저리 묶어 사랑하는 사람에 다가가려는 인물도 있다.

하지만 이 작품을 사건에 대해 기억하는 인물의 태도로 읽으면 놓치는 게 많다. 작가가 진정 말하고 싶은 내용은 '그 실체는, 진짜는, 진실은, 숨겨진 그 무언가는 하루의 깊은 내면에 있었고 가면을 쓴 것도 하루 자신이었다.'라는 '하루'의 생각에 담겨 있다. 인간 세상에는 수없이 많은 일들이 일어나고 그 속에서 우리는 '진리'를 좇으려고 애쓴다. 어쩌면 우린 인간의 존재의식일지도 모른다. 작가는 이러한 인간 존재의식의 과정에 일침을 가한다. 우리가 안개와 같은 우리 내면을 모르는데, 어떻게 외보의 사건을 내면과 조화시켜 존재 의식을 형성한단 말인가? 사건에 대해 자신이 알고 있던 것과 다르다고 해서 바뀌는 것이 무엇일까?

깨진 조각을 연결해 복원시켰다고 하더라도 그 항아리는 예전의 그것이 아니다. 어쩌면 작가는 깨진 기억의 조각 하나하나에 존재 의미를 부여하는 것은 아닐까? 그 조각들은 모양도 크기도 그리고 상처도 다르기 때문이다. 앞으로 작가가 깨진 조각의 날카로움과 상처를 어떻게 형상화할지 기대된다. 내면의 조각들을 어떻게 하면 무뎌지게 할까 고민하면 할수록 작가의 펜끝은 빛날 것이다.